内館 牧子

心に情 唇に鬼

SAKIGAKE

さきがけ文庫

目次

※　本書には二〇一五年四月から二〇一八年九月まで秋田魁新報に連載したエッセーを収録しました。文中の肩書きや状況は、すべて当時のままにしてあります。

心に情　唇に鬼

耳にタコですが…

先日、友人としゃべっていて、突然、むのたけじさんを思い出した。

ご存じのように、むのさんは横手市出身の現役ジャーナリストで、一九一五（大正四）年生まれ。今年の一月に、百歳を迎えられた。報知新聞や朝日新聞の記者として活躍された後、フリーに転じ、現在に至るまで「反戦」の立場から言論活動を展開されている。

「思い出した」と言っても、私はむのさんとはお会いしたことがない。が、一度だけお見かけしたことがあり、その時の強烈な印象を思い出したのである。

数年前のことだ。東京の毎日新聞社内の喫茶室だった。私が入って行くと奥の席で取材を受けている人がいた。インタビュアーの質問に答えているところを、カメラマンがさかんに撮影している。照明マンの持つライトに隠れ、その姿はよく見えなかったのだが、ご年配のようだった。

すると、インタビューに答える声が聞こえてきた。私は驚いて、その方向を見た。というのも、政治に関するかなり過激な発言で、それも張った声の滑舌がよく、喫茶室に響き渡るのだ。誰だろうと見ると、むのさんだった。

あの頃、たぶん九十代半ばでいらしたと思う。だが、言葉にはまさしく「燃えるような」激しさと熱があり、「老人」のイメージをぶち壊すものだった。こんな九十代がいるのか、信じられないと、私はあっけに取られていた。

前述の、私がしゃべっていた友人は、老齢者の身心について研究している。

彼女は私に、

「フレイルって言葉、耳にしたことある?」

と聞いた。まったく知らない言葉だったが、フレイルとは「加齢によって肉体的な機能が低下し、精神的にもストレスなどに弱くなり、健康を損ないやすい状態」をいうそうだ。

何かの病気によって、そういう状態が引き起こされるのではなく、加齢に伴って出てくる状態ということだ。私は質問した。

「それって経年劣化みたいなもので、防ぎようがないんじゃない?年齢と共に色んなところが悪くなるのは、当たり前だもの」

「でも、百歳以上になっても元気な人が間違いなくいる。まだ研究途上でフレイルについては、よくわからないんだけど、適度な運動で筋力を保つとか、バランスのいい食事を取るとかは、有効だと言われてるんだけどね」

「結局、そこか。適度な運動とバランスのいい食事って、耳にタコができるほど言われる」

「だから、みんな『またそれか』って思うけど、耳にタコができるほど言われるのは、それが重要だという証拠よ」

なるほど。そういう考えも確かにある。

私は二〇〇八年に、急性の心臓病で倒れて以来、食事に関する姿勢だけは大きく変わった。

それまでは仕事中心のメチャクチャな生活で、食事の時間は仕事によって毎日違う。その上、打ち合わせしながらの外食が多く、塩分も脂肪分もバランスも考えたことがない。今にして思えば、倒れて当然の食生活だが、倒れるなんて想像だにしなかった。

だが、倒れた。人は無理がたたると必ず倒れる。私の実体験である。

以来、心を入れかえ、食事時間と自分で調理することをできる限り守る。むろん、そうはいかないことは少なくないので、あまり頑固には考えない。頑固すぎるとストレスになるからだ。

当時、九十代半ばであったはずのむのさんは、フレイルとは無縁に見えた。「耳にタコだが最重要なこと」である食事と運動に、少なくともご家族が留意していたのではないか。

（2015年4月5日）

挨拶の季節

桜の季節は、挨拶《あいさつ》の季節である。

卒業、入学、入社、人事異動、結婚、転入居等々、挨拶すべきことが多い。今までお世話になった人に、これからお世話になる人に、挨拶は欠かしてはならない重大事項である。

というのも、最初に挨拶をしておかないと、人間関係がうまく回らなくなることが多い。

かなり前のことだが、私のドラマに出演中の大女優と、ドラマプロデューサーと三人で食事をしていた。そのドラマには、幾人かの新人女優が出ており、その中の一人の話になった。

ところが、大女優はどうしても彼女の顔が思い出せない。どうも印象に残っていないようだ。すると突然、思い出したらしく、言った。

「ああ、あの挨拶のできないお嬢さんね」

顔よりも、その印象の方が強かったのである。プロデューサーは血相を変え、すぐにマネージャーに連絡を入れた。

「どういう教育をしているんだ。挨拶は人間の基本的なマナーだ」

と厳しく注意したそうである。

挨拶ができないせいばかりではあるまいが、彼女はいつの間にか表舞台からは消えた。

また、私が今も印象に残る一件は、あるスポーツ選手と寿司店で食事をしていた時のことだ。私たちがカウンターで食べ、話していると、一人の見知らぬ若い男性がやって来た。

「離れに○○先生と××先生がいらっしゃるんですが、内館さんたちお二人が来ているなら会いたいとおっしゃっております」
○○先生と××先生は国会議員である。やって来た若い男性は秘書らしい。そして、さらに言った。
「離れまで挨拶に来てほしいそうです」

こんな言い方がどこにある。だが、当たり前のようにこう言うことから、議員が常に人を呼びつけているのだとわかる。

するとスポーツ選手が、

「ちょっと面倒な話の最中なのですみません」

と断った。面倒でも何でもなかったのだが、彼も不快だったのだろう。

秘書氏は引き下がったが、やがてまた現れた。そして困ったように懇願するのである。

「両先生が何としても会いたいから、挨拶に来るようおっしゃるんです。何とか来ていただけませんか」

私はこの秘書氏が少し気の毒になったが、呼びつけられる筋合いはない。スポーツ選手が言った。

「永田町ではどうか知らないけど、一般社会では会いたい方から出向いて挨拶するんですよ」

その通りだ。よく「挨拶は気づいた方からすればいい」と言う。学校でもそう教えることがあり、それは正しい。だが、現実に社会に出ると、「どちらから挨拶すべきか」は決してバカにできない。長幼や立場やさまざまな要因を考えると、先にすべき側が見えてくる。つまらないことではあるが、「そんなこともわからない人間か」と思われると、命取りになりうる。

こうして、秘書氏は再びスゴスゴと帰り、しばらくたった時だ。「両先生」が離れの下駄をつっかけて、私たちのところに「挨拶」に来たのである。私たちが笑顔で、失礼なきよう応じたのは言うまでもない。後でスポーツ選手が、

「一般社会の常識を教える人がいないんだろうな。わかればケロッと来るんだから、案外いいヤツらだ」

と言い、確かにそんな気にさせられたものの、挨拶できない大人は、基本的なマナーが欠如しているということだ。大人の場合、言い訳は通用しない。

私自身の欠礼も改めて甦《よみがえ》り、つくづく思う。優しい桜の季節は、命取りになる怖い季節でもあると。

何もない秋田？

（2015年4月19日）


四月二十四日付の秋田魁新報一面に、「県人口103万人割れ」という衝撃的な見出しが躍った。

記事によると、昨年六月から十カ月で一万人減。総務省のまとめでは、一九九九年からほぼ毎年四十七都道府県の中で秋田県の人口減少率が最も高いという。

その上、減少ペースが加速しており、今後三年足らずで百万人を割り込む可能性があり、二〇四〇年には県人口が七十万人になる見通しだと書かれていた。

これより二日前の四月二十二日付には、とても興味深い記事が二つあった。共に「何もない秋田」に触れている。

一つは「声の十字路」に掲載された秋田市の高校生、中村夏生さんの文章。

中村さんの住む地区にはコンビニもカラオケもないそうだ。神奈川県に住む友人とやりとりしていて、「彼女からしたら、秋田は未開の地かも」と書く。

中村さんの言う何でも「ある」という視点は、日常生活を営む上で「便利だったり、楽しいもの」がふんだんにあるということだ。

もう一つは、「ひとときこの人と」に出ていた写真家の近藤大介さん。彼は原風景の残る北秋田市の魅力を広く発信したいとして、故郷で写真家として独立を果たした。近藤さんは、『秋田には何もない』と嘆く声を聞くが、魅力的な祭りや景色であふれている」と語る。

近藤さんが「ある」とする視点は、「原風景や独自の文化」であり、これらが秋田にふんだんにあると感じていることがわかる。

中村さんと近藤さんの考え方は、どちらも非常に納得できる。だが、この双方を並び立たせることは本当に難問だ。

コンビニやカラオケや、日常生活において「何でもある」という町にするには、今あるものを壊して造らざるを得ない場合が少なくない。長く伝わってきた何かに、また文化財に手を触れることさえある。

そうなると、その地方の独自性が消える。独自性の消えた地方は、「東京もどき」になる。「もどき」は本物の東京には絶対に勝てない。観光客も減るだろう。どこにでもあるコンビニやカラオケを見には来ない。

だが、一般住民にしてみれば、原風景や地域文化では便利な生活は営めない。原風景なんか壊してもいいから、コンビニが欲しい。大きな病院が欲しい。道路を通して欲しい。快適に生きる上で、背に腹は変えられない。当然の希求だ。

この二つがどう折り合いをつけるか。難しい。

ふと思ったのは京都である。総務省の二〇一三年のまとめを見たが、京都も人口は減っている。だが、出生者より死亡者が多くて減る「自然減」が、転入者より転出者が多くて減る「社会減」を上回っている。

これは種々の要因があるにせよ、京都から流出していく人間が少ないということだ。前出の総務省のデータによると、秋田は流出する「社会減」が「自然減」の約四・八倍にのぼる。

実際、京都にも「何もない地域」はある。現に、私の友人知人も、家族でそんな京都に住んでいる人は少なくない。

だが、出て行かないのはなぜだろう。京都は守らねばならない景観や文化財も多く、前述のように「何もない」地域もある。住民はどう折り合いをつけ、どこに京都の魅力を感じ、流出していかないのか。秋田が学ぶところは大きいのではないか。

一方、中村さんは学校で「郷土学」を学んで秋田のよさを見直したと書く。近藤さんは他でもやっていけたであろうに、秋田の魅力と共に生きる決断をした。

こんな頼もしい若い人たちは、きっと数多くいる。流出させてはならぬ。

（2015年5月3日）

印象距離と時間距離

二〇〇八年、私が急病に襲われ、岩手県盛岡市で倒れた時のことだ。退院後、あちこちで興味深いことを言われた。

「あなた、気を使ってお見舞いを断ったんでしょ。遠いもんねえ、盛岡」

「どうせなら、東京からもう少し近いとこで倒れた方が家族は楽だったわね。せめて大阪とか」

この類の言葉をどれほど言われたか。そういえば、私が東北大の大学院に入った時もよく言われた。

「東北大？仙台？遠いねえ。名大とか京大とかの方が楽でしょうよ」

私はこの手のことを言われるたびに、答えたものだ。

「何言ってんのよ。新幹線での所要時間を知ってる？　東京―盛岡は東京―京都とほぼ同じよ。大阪の方が盛岡よりずっと遠いし、東京―仙台と東京―名古屋はほぼ同じ」

すると、みんな驚く。私はついでによく言った。

「新幹線で東京―秋田は、東京―広島とほぼ同じ」

するとたいていが、

「ウソー！」

と言う。失礼なッ。

北に縁のない人や、ほとんど行かない人にとっては「印象距離」とでも言おうか、北の諸都市は非常に遠いのである。なのに、札幌や函館は、初めから飛行機という印象のせいか、あまり「遠い」とは言われない。実際、私は「東北大より北大の方が便がいいのに」と言われたこともある。

だが、後になって思った。東北は、この印象距離の遠さを逆手に取れるのではないかと。敢《あ》えて言うが「秘境感」があればこそ、厳然と残る独自の文化、民俗などの面白さを、全国に発信できるのではないか。

つまり、「行ってみたいけど遠い」とか「遠いし淋しいところって感じか」などと思って二の足を踏んでいた人たちが、「あら、近いのね。盛岡と京都、同じ」とか「知らなかった。秋田って広島と変わんないんだ」とわかれば、東北へのリピーターは増えると思うのだ。「秘境感」と「実は近い」というギャップを観光客誘致に生かさない手はない。

その絶好のチャンスが、昨年の「国文祭」に続いてまた来た。今月三十日、三十一日の「六魂祭」である。

東北六県の代表的な祭りが秋田市に結集し、山王大通りをパレードする。考えるだけでときめく。

すでに観覧席は即日完売で、追加販売を決めたと報じられている。今回、「遠い」と思っていた人たちが、意を決して訪れたなら、その近さと東北の大らかさ、熱さ、陽気さに目からウロコが落ちるだろう。少し足を伸ばせば「秘境感」を満足させる温泉やひなびた宿もある。開催地秋田の魅力を知らしめるチャンスである。

秋田の魅力といえば、前回のこのコラムで、私は誤解を招く書き方をしてしまい、読者から指摘を頂いた。魅力的な地なのに、「秋田の人口は社会減（他地への流出）が自然減（出生者より死亡者が多い）の四・八倍」と書いたが、これは今年三月に限った数字である。そして年間を通じて自然減が社会減を上回っているのは、京都のみならず、秋田も同じであるということを改めて書くと共に、誤解された方々にお詫び申し上げる。

とはいえ、秋田は全国一の人口減少県。これほど豊かで面白い地域である以上、せめて観光客を増やしたい。そこには、住民の東北への誇りが必須だ。

私は、立原正秋が「風景と慰藉《いしゃ》」（中公文庫）に書いている文章が好きである。

「この水と緑の豊かな風土でどんな神が必要なのだろう」

東北に重なる。神などいらないほど豊かな風土、そこを六魂がはね回る。「我が誇り」を感じる日になるに違いない。

（2015年5月17日）

合唱の快感

四月十一日付の秋田魁新報に、能代オペラ音楽祭実行委員会が、来年八月に市民オペラ「カルメン」を上演するという記事があった。

その全四幕に出演する合唱団員を県内外から一般募集するとあり、私はついその記事を切り抜いていた。

というのも、私は実はかなり長い合唱経験を持っている。誰もが「内館牧子イコール元祖相撲女子」と言い、確かに力士の追っかけに忙しかった。

だが、高校生の時から相撲女子のかたわら、合唱部で歌っていた。そして、社会人になると、会社の合唱団で全国大会にも出たし、ついには横浜オラトリオ協会に入団。荘厳な教会音楽の定期公演に出演し、さらには昭和四十年代半ばから十五年間、横浜市主催のメサイアと第九に合唱団員として参加していたのである。

周囲は笑っていたが、オラトリオだ、ヘンデルだ、ベートーベンだという高尚な合唱の練習がすむと、その足で力士を追っかける。全然一致しそうにない二つの趣味を難なく両立させていたのだから、「好き」ということには力がある。

その合唱歴の中で、私は一度だけオペラ「カルメン」に出演している。詳しくは覚えていないのだが、能代市と同様に、横浜市民有志でつくった実行委員会が主催したオペラだったはずだ。

「カルメン」は南スペインを舞台にした情熱的な恋物語である。並の男ではついていけないほどに熱いヒロインがカルメン。そこに兵士のドン・ホセと闘牛士のエスカミーリオがからみ、激しい愛憎が展開する。

これら主役級は二期会からソリストを招いたが、他にも合唱より少々目立つ役があり、その一つが「タバコ工場の女たち」だ。彼女たちは南スペインのタバコ工場で働き、身もちの悪げな下卑た女工だが、愛すべき大らかさを持つ。私はその中の一人にキャスティングされたのである。

練習の時から、ゾロリとした長いスカートをはき、男のことしか考えていないようなハスッパな役に私は夢中になった。日常生活でも膝を開いて座り、役作りに励んだほどだ。

あの頃、なぜあんなにも合唱にのめりこんだのか。その理由はハッキリしていて、とにかく大声で歌うことが気持ちがいい。それはカラオケで絶唱するのとはまた違う。何しろ満員の観客を前に、ステージでライトを浴びる。そして、男声と女声の各パートが、指揮者の棒一本でうねりとなり、嵐となり、一体化する。このゾクゾク感は合唱がダントツだろう。さらに、メサイアの「ハレルヤ」は、観客が一斉に起立して聴く。その瞬間、客席が波のように迫ってくる。そこで「ハーレルヤッ」と全身で歌うのだ。

第九にしても、歌ってみて気づいた。ベートーベンは人間を楽器のように考え、音域でも旋律でも人間の能力を越えることを要求していると。それを各パートがこなして、ぶつけ合う。快感である。

私は合唱に夢中になっている頃、決して人生は順風満帆に運んではいなかった。であればこそ、全身で歌い、各パートと嵐を起こすことで、どれほど心身が解放されたかわからない。

メサイアは、日本を代表する指揮者の山田一雄さんが、毎年ボランティアで指揮台に立って下さっていたが、生前、おっしゃったことがある。

「素人とプロの差が最もないのが、合唱というジャンルなんですよ」

能代市の市民オペラに、皆さんも合唱参加を考えてはどうだろう。初心者には指導してくれるはずだし、何よりも合唱は日常のこわばった心をもみほぐしてくれる。

私だって近ければ参加したいくらいだ。

（2015年6月7日）

お母さんをきれいに（上）

子供は小さい時から、母親にはきれいでいてほしいと思うものである。男の子でも女の子でも、保護者会があったりすると、「お母さん、おしゃれして来てね」と言ったりする。実際、保護者会当日は、誰のお母さんがきれいとか若いとかうわさ噂がかけめぐる。そう言われた子の誇らしさよ！

この思いは変わらないのだなァと実感させられることがあった。

私は新刊を出したばかりなのだが、その書名は、

「きれいの手口　秋田美人と京美人の『美薬』」

という（潮出版社）。

世に美人産出地は多いのに、なぜか「秋田美人」と「京美人」の二大ブランドは揺るがない。コンテストなどでは決して二地方が上位入賞してばかりはいないのにだ。それなら秋田美人と京美人の美への「手口」を探ろうという本である。秋田美人代表として、タレントの壇蜜さんと、菓子舗榮太楼のご長女で、横綱大鵬夫人の納谷芳子さんにご登場頂いている。

この本の中に、私は「お母さんをきれいに」という章を設けた。この章は秋田と京都に直接関係はないが、母親の中には「今さらもういいわよ」とか「私はナチュラルが好き」とか言い、身をかまわない人がいる。そんな母親たちに、子供のためにも今から始める変身の「手口」を紹介した。

すると、成人した息子や娘たちから読後感が続々と届いたのだ。「母に化粧品を送った」とか「母にこの本を読ませた」等々である。やっぱり、子供は幾つになっても、お母さんにはきれいでいてほしいのである。

我が身を考えても、五十代六十代というのは、お母さんのみならずお父さんにとっても、非常に大切な分岐点だ。今、自分に手をかけるか否かで、今後の老い方がかなり違ってくるだろう。

そこで本著では、世界的ヘアメークアーティストでご本人も六十代というマサ大竹さんに、「今からきれいになろうと決心した中高年でも間に合うか。何から始めればいいか」と単刀直入にうかがった。その際、私は申し上げた。

「本当はきれいな色の服を着たり、化粧をしたいお母さんでも、周囲から浮いて色々言われたり、生きにくくなったりする場合もあります。だから周囲と同じにくすんでいれば平和よと思うのも当然です。どうしたらいいでしょう」

すると、強烈な一言。

「ナチュラルと不精は違いますよ」

そうか。周囲の目を理由に何もせずラクをしていたお母さんもいるかもしれない。それは「ナチュラル」ではなく、単なる不精なのだ。

マサさんは続けた。

「今からでも十分に間に合います。まず肌から入りましょう。朝晩、化粧水と乳液をつけ、日中は必ず日焼け止めを塗る。この三種に加え、シート状のマスクをそろえるとベストですね。肌は美のポイントですが、約半年から一年で効果が出てきますよ」

肌がきれいになりつつあるところで、ファンデーションや眉や、うっすらと口紅を塗るなど、浮かないようにいじめられないようにしていけばいい。

マサさんは現在は資生堂美容技術専門学校校長でもあり、その立場からハッキリとおっしゃっている。

「まずは化粧品店や売り場で、美容部員に現在の肌の状態を見せてもらい、アドバイスを受けて下さい。いや、何も買わなくていいんです。アドバイスは我々メーカーの仕事ですから」

思い切って踏み出そう。売り場で「内館さんの本に何も買わなくていいと書いてあった」と言って構わない。

次回はデザイナーの横森美奈子さんによる「きれいなお母さんになるための洋服の選び方」をお伝えする。

（2015年6月21日）

お母さんをきれいに（下）

私は「きれいの手口　秋田美人と京美人の『美薬』」（潮出版社）という自著で触れているが、子供というものは幾つになっても母親にはきれいでいてほしく、「お母さん、美人だな」と言われるだけで一日中嬉しいものである。

だが、母親にしてみれば、隣近所の目や地域で浮きたくないなどという思いから、「きれい」に向かって一気に変身はできない場合もある。そのため、いつもドブネズミ色の古くさい服を着ているお母さんもいるはずだ。本当はもっときれいな服を着たいし、日々の生活が大変であればあるほど、ちょっと華やいだ小物を取り入れたいと思うこともあろう。だが、やはり周囲の目が気になり、できない。

そこを踏まえ、何をどう着たら、周囲からとやかく言われずにきれいになれるか。本著ではファッションデザイナーの横森美奈子さんに、コツを聞いている。彼女は私の古くからの友人だが、NHKの「おしゃれ工房」や「団塊スタイル」で、的確かつ目からウロコのファッションアドバイスが評判だ。私は質問した。

「お母さんをきれいにするために、娘は一緒に買い物に行こうと考えた。まず何を買ったらいいの？」

横森さん、一刀両断。

「買い物に行くより、実家に行くこと。そして母親の洋服を一緒に整理する。似合わないもの、太って見えるもの、顔色がくすんで見えるもの、古くさいものはすべて処分することね」

「でも、世の母親はまだ着られるとか、もったいないとか思うのよ」

「何を言ってるの。もったいないからって、古くさいものや似合わなくなったものを着て、みすぼらしく見えたら人生がもったいないでしょうよ」

目からウロコだった。限られた人生、確かにもったいない。そして、やはり何点か新しい物が必要だとなった時、店での買い方を伝授してくれた。

「試着は三着ね。一着で『どう?』と聞けば、店員は必ず『よくお似合いです』と言う。だから三着を試着して『どれが似合う?』と聞かず、『どれが元気に見える?』と聞いて。一着だけ手にして『他にいいと思うもの、選んで』と言うのもいい。店員はすごく親身になってくれるわよ」

そして、マサ大竹さんと同じことを言った。

「店に入ったら買わなきゃいけないという認識を変えて。買わなくていいのよ」

さらに、周囲から浮かない変身のひとつとして、

「千円のストール一本から始めてみるの」

と提案。ストールなら多少明るい色でも、周囲から浮くまい。まして、ドブネズミ色の服から少しのぞくくらいなら、周囲は黙認する。横森さんは高齢者にもストールを生かすアドバイスをしているそうで、表情が生き生きするシーンを幾度となく見たという。

表情が生き生きしている人は、確かにきれいだ。

「もうひとつ、自分の嫌いな色を手にとることね」

つまり、安心安全なドブネズミ色を避け、思い切って今まで嫌っていたピンクとか、オレンジ色を手に取ってみるのだ。今までは派手だからとか、似合いっこないなどと嫌っていた色を身につけてみる。ボタンやステッチ、小物などから始めれば目立たず、なのに心が変わるという。

「周囲のチクチクやる人って、羨《うらや》ましさの裏返しということもあるのよ」

だろうと思う。ならば、そんな人たちにいつかアドバイスできるよう、化粧でも服でも秘《ひそ》かに手をかけていくことだ。

秋田の女は大変である。他人は「秋田出身」と聞くだけで、会う前から「美人だろうなァ」と思うのだ。裏切ってはならぬ宿命《さだめ》がある。努力するしかない。

（2015年7月5日）

音楽室の肖像画

秋田魁新報の「ふる里の風景」をいつも楽しみに読んでいる。文と切り絵の村上保さんは、私と同年代ではないだろうか。読むたびに「わかるわかる」とか「こういうのあったあった」などと思い、自分が小中学生だった頃と重なる。

六月十七日の「学校の音楽室」という回も、きっと多くの読者が「あったあった」と思ったのではないか。

村上さんが小中学生の頃学校の音楽室には、バッハやシューベルト、ベートーベンなどの肖像画が飾られていたという話である。

ところが、これらが飾られたのは、一九六七年に当時の文部省が音楽の教材基準を決めてからのことだという。村上さんは、

「そうだとすると、僕らが卒業した後のことになる。記憶違いだろうか」と書く。いいえ、絶対に記憶違いではありません。

私が中学を卒業したのは一九六四年だが、音楽室には間違いなく肖像画があった。モーツァルトとハイドン、ヘンデルも並んでいた。間違いない。

というのは、肖像画の音楽家たちはみんなパーマをかけていたり、真っ白な巻き髪だったりして、異形の怖さがあったのだ。合唱祭などの練習で、休日や夜に音楽室に行く時、私たちは、

「絵がこっちを見てて怖いから、一緒に行こ」

と誘いあっていたのだから、確かに肖像画はあった。女生徒の中では、細長い顔で色白のハイドンと、三白眼をむいているベートーベンが特に怖がられていた。

ずっと昔、私の知人の父親が、中学校の音楽教師をしていた。今、生きていれば、九十代半ばだろうか。公立中学の音楽教師として約四十年間、存分に働き、楽しみ、合唱祭や文化祭で結果も残した人生だった。

であればこそ、定年退職するや呆《ほう》けたようになってしまった。一日中メソメソと泣き、引きこもる。かと思うと急にハイテンションになって、古い友人たちに早朝だろうが深夜だろうが電話をかける。病院に通い、服薬も続けていたが、病状は一進一退だったという。

そんな時、娘である知人が、たまたま私のエッセーを読んだ。ＮＨＫの大道具置き

場のことを書いたものだ。そこは薄暗くて埃《ほこり》っぽい巨大な倉庫で、入ると独特のにおいがした。ペンキやベニヤ板や接着剤のにおい、汗だくで大道具を運び出すスタッフのにおい、それらが一体となって、大道具置き場のにおいを作っていた。

私はエッセーに、「定年を迎えた後、美術スタッフが胸をしめつけられるほど懐かしいのは、同僚でも仕事内容でもなく、このにおいではないか」と書いた。

どんな職場にも、独特のにおいがある。百貨店には百貨店の、新聞社には新聞社の、病院には病院の独特のにおい。もうその職場に行かなくてよくなった時、ふとした折にそのにおいを嗅いだら、どんなにせつないだろう。自分の現役は終わったのだと、どれほどつきつけられるだろう。

ところが、先の知人は私のエッセーを読み、父親をそのにおいの中に置こうと考えた。シロウトの荒っぽい逆療法である。そして、自分も一緒に町の合唱サークルに入った。サークルの練習場所は、いつも中学校の音楽室だからだ。

このシロウト療法は、少なくとも父親には効いた。音楽室に行くたびに、表情が明るくなり、ついには稽古をつけたり、発声練習を頼まれたりしたという。

「音楽室のにおいが、生き返らせてくれたのよね」

と彼女は言う。

きっと、その音楽室にもバッハやシューベルトの肖像画があっただろう。あの肖像画も音楽室のにおいを作っているのだと思う。

（2015年7月19日）

ひめゆりと白梅

羽後中三年生の文章が、五回にわたって秋田魁新報の「Ｖｏｉｃｅ」に掲載されたのは、今年の五月二十八日からだった。修学旅行で沖縄へ行き、「ひめゆり平和祈念資料館」を見た時の思いを綴《つづ》っている。羽後中の中学生が、現地で触れた沖縄戦の衝撃を実に真摯《しんし》に、実に我が身に重ねてとらえていて、感動させられた。

というのは、私は「ひめゆり平和祈念資料館」で、非常に不快な経験をしたことがあるのだ。もう十五年以上も前のことだが、今も忘れられない。

その日、私は女友達と祈念館に入った。館内には「ひめゆり学徒隊」として懸命に力を尽くし、死んでいった十代の少女たちの写真がぎっしりと並んでいる。戦争さえなければ、苦しむ必要も死ぬ必要もなかったはずの十代の少女たち。誰もがどこかあどけなく、真っすぐな目をしていた。

私と女友達が一人一人の写真を見ている時、ドヤドヤと修学旅行の女生徒たちが入ってきた。写真のひめゆり学徒隊と同年代だろう。突然、一人が写真を見て叫んだ。

「ゲ！顔でけえ！」

周囲の女生徒たちも大声で「ホントだァ」「ブスだァ」と同調し、あたりかまわずギャハハと笑った。引率の若い男性教師は、注意するどころか、ポケットに手をつっこんでいた記憶がある。そのレベルの態度である。そして、ろくに館内を見もせずに、女生徒に囲まれて出て行った。

私と女友達はブチ切れた。そして、一団の後を追って行ったところ、教師も女生徒たちも廊下に大股開きでしゃがみ、携帯電話をいじっていたのである。

私たちはもはや注意する気も戦意も失《う》せ、教師にも生徒にも絶望しきったことをよく覚えている。

帰りのタクシーの中で、運転手さんにこの話をすると、沖縄訛《なまり》のやさしい口調で言った。

「いるんですよ。傍若無人な若い人たち。よく聞きます。まったく、日本の教育はどうなってるんだかねえ。お客さん、『白梅の塔』はご存じですか?」

私たちは知らなかったのだが、沖縄県立第二高女の四年生で編成された「白梅学徒看護隊」の戦死者をまつる塔だという。

「糸満市の不便な山の中にありましてね、ひめゆりの塔のように修学旅行のバスがどんどん来るということはないんです。もちろん、ひめゆりの塔にも、ちゃんとした学生や観光客も多く来るんですよ。けど、不便な白梅の方は、最初から哀悼と鎮魂の気持ちを持って行く人ばかりですからね。白梅の不便な場所の方が、今となってはよかったのかと思ったり…」

私たちは、そのままタクシーで「白梅の塔」まで行った。あまりにあの教師と女生徒たちが不快で、ひめゆりの分まで白梅に手を合わせたいと思ったのである。

確かに、その塔の立つ場所は不便だった。祈念館があるわけでもなく、うっそうとした山の緑の中に、石碑があり、戦死した女学生の名が刻まれているだけだ。人はまったくおらず、私たちと運転手さんの三人だけだった。だが、千羽鶴と花が手向けられており、気持ちのある人が来ていることがわかる。

後世の人間は、想像を絶する沖縄戦のことをきちんと教える義務がある。

羽後中三年の石垣茉耶さんは、ひめゆり平和祈念館で女学生の写真を見て、次のように書いている。

「自分と同じくらいの年の人と目があったように思え、しばらく目が離せなかった。私は何だか修学旅行に来ている自分が申し訳ないような気がしてならなかった。」

すべてを物語る一文だ。ひめゆりも白梅も、北国の中学生の思いに微笑《ほほえ》んでいるに違いない。

（2015年8月2日）

すてきなご当地バッグ

私はすごい布製のバッグを持っている。見た人は、

「どこで買ったの？」

と聞いて、みんな欲しがる。ところが、どこにも売っていない。秋田産のバッグだが、もちろん秋田でも売っていない。

ことのきっかけは、今から四、五年前だろうか。私が新幹線「こまち」の窓側席にいると、上品なきれいな女性が隣に座った。

列車が走り出してしばらくしてから、何気なく隣席のテーブルを見た私は、そこに置かれているバッグにド胆を抜かれた。こんなバッグは今まで見たことがなかった。

それは、酒屋などがよく締めている前掛けで作られており、濃紺のぶ厚い木綿地だ。前掛けなので「味噌」と「醤油」という字が白抜きされている。持ち手は前掛けのヒモである。

女性はシックな色合いのニットを着ており、とてもおしゃれだ。そのおしゃれなファッションに、「味噌」「醤油」のバッグである。前掛け製である。ところが、これが絶妙に合い、何とすてきなこと！

私は座席でドラマの資料を読んでいたのだが、もうそれどころではない。このバッグが欲しくて欲しくてたまらない。だが、彼女は本を読んでいて話しかけにくい。致し方ないので、私は隣からじっくりとバッグを観察した。

すると、白抜きの文字がさらに読めた。「安政二年創業　秋田　岩崎」とある。カッコよすぎる文字だ。

私はついに決心し、

「すてきなバッグですね」

と話しかけた。女性は驚いたようにお礼を述べ、バッグについて少し話し始めた頃、下車駅に着いてしまった。彼女は笑顔で挨拶《あいさつ》すると、降りて行った。

私は東京に帰ってからもあのバッグで頭が一杯。うちに他県の酒蔵の前掛けはあるが、どうせなら秋田がいい。そしてどうしても「味噌」「醤油」の文字が欲しい。ヨーロッパブランドのパンツスーツなど着て、「味噌」「醤油」を持つからステキなのだ。さて、どうやったら前掛けが手に入るかと悩んでいた時、ハッと気づいた。そうだ、角館の「安藤醸造」だ！

以前から親しくさせて頂いていることもあり、恭子大女将はすぐに前掛けを送って下さった。あれは帆布でできており、「帆前掛《ほまえかけ》」と呼ぶのだそうだ。

送られてきた帆前掛を見て、私は歓声をあげた。「味噌」「醤油」に加え、何と「漬物」という字まで白く染め抜かれている。

私は仕立ててくれる人にデザイン画を描いて渡し、細かく指示を出したおかげで、見た人みんなが欲しがる「ご当地バッグ」が完成した。

これを持って歩くと、「角館　安藤醸造元」という字を見て、

「それ、角館に行くと買えるんですか」

と、銀座でも六本木でもしょっちゅう聞かれる。

とはいえ、このアイデアは「こまち」で会った女性から頂いたものだ。「安政二年創業」を手がかりに調べた結果、あのバッグは湯沢の老舗醸造元「石孫本店」の帆前掛製だと思う。あの上品な女性は、石孫本店の関係者だろうか。

私はこういう「ご当地グッズ」を、もっと商品化してもいいのにと思う。ただ、どんな商品にせよ、通販などで簡単に買えてはすぐ飽きられる。欲しいが手に入りにくいくらいの数量であることも大切だし、ブレイクさせるには、プロのノウハウも必要だろう。

秋田にはきっと数多くの「ご当地グッズ」の種がある。ナマハゲや竿燈ばかりでなく、味噌醤油バッグなども、こんなに面白がられ、欲しがられるのだ。頭を柔らかくして、工芸から雪やじゅん菜に至るまで、秋田の「資源」を洗い直してみるべきかもしれない。


（2015年8月16日）

政吉とフジタ

秋田の人たちというのは本当に面白い。普通なら言わないことを平気で言う。たとえば、秋田県立美術館には「秋田の行事」という絵がある。世界が認めた画家・藤田嗣治《つぐはる》が、秋田の大地主・平野政吉との絆の中で描き、唯一無二の大作。これを見に海外からも全国からも人が来るというのに、私の知人たちは複数が言ってのけた。

「ンだってがァ。おらだばその絵見だごどねども、わざわざ来てけでご苦労さんでねがァ」

八月三十日に初日が開いたわらび座ミュージカル「政吉とフジタ」の中に、私が次のセリフを書いた気持ちもおわかり頂けよう。

「秋田のワラシは本物だ。見でみれ、父さん大酒呑《の》みでも母さんヒシャミこぎでも、立派に育ってるべ。ワラシが本物だからだ」

このセリフに、会場は爆笑である。誰も自分のことだと思っていないのだから秋田県人は大らかでいい。

藤田嗣治は一九一三年にパリに渡り、その突出した才能と独自の画風で大成功をおさめた。大きな展覧会に入選し、フランスから勲章を受け、ルーブル美術館に作品が買い上げられた。世界中から画家が集まるパリで、藤田ほど称賛を受けた外国人画家はいなかったとされるほどである。

そんな藤田の大作や、多くの重要な絵はなぜか秋田にある。パリでもニューヨークでも東京でもなく、秋田にある。なぜか?大酒呑みの父さんやヒシャミこぎの母さんは知らなくても、全国学力テストで八年連続トップランクの秋田のワラシは、ちゃんと知っている。

平野政吉が無尽とされた私財を投げうち、藤田を物心両面で支えたからである。二人は単なる「芸術家とパトロン」という域を越え、男と男の敬愛で結びついていた。藤田は政吉に多くの絵を譲ったのである。

この二人を主人公に、ミュージカル脚本を書いてほしいと、秋田商工会議所の三浦廣巳会頭から依頼されたのは、昨年の年明け頃だったと思う。県、秋田市、秋田魁新報社などで公演実行委員会をつくり、わらび座がベストキャストで臨むという。三浦

会頭はその時、

「秋田の子供を招待して見せたい。秋田はすごい、秋田はたいしたもんだという思いを、この二人を通して子供たちに持たせたい」

と熱っぽく語った。

その言葉を聞きながら、私に遠い昔が甦《よみがえ》った。私は三十代の頃、晩年の政吉に会っているのだ。小さなPR誌のフリーライターとして訪ねており、美術館の若いスタッフが応じてくれるものと思いこんでいた。

ところが、政吉本人が羽織袴《はかま》で待っていた。藤田は本物だ。そして言った。

「秋田の子供に本物を見せたい。秋田の子供が本物を見て大きく育つなら、私財を投げたところで何ぼでもね」

三浦会頭と話しながら、九十代の政吉のこのセリフが頭から離れなかった。

そしてもうひとつ甦ったのは、県教育委員会と県PTA連合会が出している「引き出せあきたのそこぢから！」という小さなパンフレット。ホールや関係各所に置いてある無料のものだ。そこに「秋田の行事」を横一列に並んで見ている子供の写真がある。写真家の誉田慎一さんの作品で、一度見たら忘れられない力を持つ。政吉が感激して泣くだろうというくらい、絵も子供もいい。

脚本を書こうと決めた。

今も、「秋田の行事」をはじめとする藤田の作品は、秋田を一歩も出ることなく、見たい人は秋田までやってくる。故郷と故郷の子供を想《おも》う政吉の信念である。

（2015年9月6日）

不快な相づち

九月八日の秋田魁新報の「おじさん図鑑」に、思わず「その通りよッ」と膝を打った。エッセイストの飛鳥圭介さんが書かれているのだが知人女性が「おじさん」に息巻いたという。

「最近、若い人の相づちの言葉で、何でもかんでも『なるほど』っていうの、おかしくないですか」

私もこの「なるほど」の乱用には辟易《へきえき》していたのだが、実は若い人に限らない。使い勝手のいい言葉なので、大人も乱用する。

一番耳障りなのは、テレビに登場するキャスターやアナウンサーの乱用である。専門家の解説やコメントに、「なるほど」「なるほど」「なるほど」と返す人の何と多いことか。

彼らは状況や対象を見きわめ、的確な言葉で伝える能力を自負しているはずだ。仕事に対するプロ意識も、自分に対するエリート意識もあると思う。

なのに、「なるほど」しか言えないのは恥ずかしいと思わないのか。

少し前の話だが、その日、私にはぜひ見たいテレビ番組があった。ワクワクしながらテレビの前に座ったのだが、途中でスイッチを切ってしまった。かなり我慢したものの、とても最後までは耐え切れなかった。

番組は面白かったのに、進行役の男性キャスターがいちいち相づちを打つのだ。独特のアクセントで「なるほどッ！」「なるほどッ！」「なーるほどッ！」である。

私は見ていて、出演者が「ばかにするな」と途中で退席するのではないかと本気で思った。

「なるほど」という相づちの乱用は、「おじさん図鑑」にも書いてあった通りだ。

何だかばかにされているようで腹が立つものである。

また、これはもっと前の話だが、今もって忘れられない。あるプロスポーツの関係者に、女性キャスターがインタビューした。このキャスターも元々「なるほど」が非常に多いが、そのインタビューはひどかった。おそらく彼女はこのスポーツに詳しくないのだろう。ひとつ質問して、関係者が答えると「なるほど」の一言で、次の質問に行く。相手が答えると「なるほど」と言って次である。キャスターとして勉強不足すぎないか。もしも「なるほど」で押し通せると考えていたなら、そのスポーツをも視聴者をもなめている。

広辞苑によると、「なるほど」は「合点がいった時、または相手の話に相づちを打つ時に発する語」である。そう考えると、相づちとして正当な言葉であり、何度打ってもいいように解釈できる。そうなのかもしれない。

だが、乱用に不快感を覚えている人は少なくない。こう自信を持って断言するのは、私は二〇一三年に『カネを積まれても使いたくない日本語』（朝日新聞出版）という新書を出しており、その際、新聞社を通じて言葉に関するアンケートを取ったことによる。二千四百八十七通の回答を得たのだが、その中に「不快な相づち」についての書き込みが非常に多かった。私は「ヘンなあいづち」という項目を追加したほどである。

中でも「なるほど」の他に、若い人がよく使う「ですよね～」、「はあ－？」は、多くの人が嫌いだとしていた。

「はあ－？」というのは、相づちというより、話の腰を折るように突っ込む。「なるほど」よりさらにばかにされた気になり、作家の井上荒野《あれの》さんは、「はあ－？」を使う人について「私の中ではその人間の評価が五割方下がる」（読売新聞二〇一二年十月十九日）とまで書いている。同感だ。

相づちは心を通わせる上で非常に大切だが、かえって嫌われては意味がない。「なるほど」はほどほどにしておくのがいい。

（2015年9月20日）

復活の秘密

大相撲人気が目に見えてV字回復している。

秋場所は横綱鶴竜が優勝したが、大関照ノ富士と決定戦にもつれこみ、すでに前売り券は完売。十五日間すべて「満員札止め」は、両国国技館の東京場所としては、実に十九年ぶりになる。そして、「満員御礼」は連続七十九日を数えた。

私が横綱審議委員だった二〇〇六年頃から、大相撲は暴力、薬物、賭博、八百長と数々の不祥事が六年近く続いた。国技剝脱《はくだつ》の噂《うわさ》さえ流れ、客席はガラガラだった。

今や「スー女《じょ》」と呼ばれる相撲女子であふれている。国技館はもとより、大阪や名古屋、九州でも、会場の力士通用口はファンでいっぱいだ。「入り待ち」「出待ち」といって、入ってくる力士、帰って行く力士を見るために待つ。上位力士になれば大《おお》銀杏《いちょう》に和服、付き人を従え、あたりを圧する空気をまとっている。それは一般人とは別の、どこか異界から来たような匂いを感じさせる。スー女たちがウルウルした目で見るのもわかる。

私は秋田市のノースアジア大学で市民向けの講座を持っているのだが、時々「相撲史」をテーマにする。すると、あっという間に定員に達し、多くの人を断っていると大学関係者は言う。

不祥事と不人気で地を這《は》っていた当時、横綱審議委員会でも毎回、どう立ち直るか、どう人気回復させるかの議論があった。だが、わずか三年余りで、今日のような活況の日を迎えるとは、誰が思っていただろう。

あのどん底から、なぜ復活できたのか。

私は「時代に合わせた変革」と、何を言われても「時代に合わせない保守」を、相撲協会が非常にうまく取り入れたことが、一因であると考えている。

「時代に合わせた変革」の最たるものは、以前の角界では考えられないサービスの充実をはかったことだ。かつて、チケットは相撲茶屋などを通して買うものであり、誰もが気軽に手に入れられるものではなかった。が、今ではチケット専用サイトを開設し、誰でもすぐ買える。その上、人気親方と写真が撮れる特典付きチケットや、シニア席ファミリー席もある。

一方、相撲という競技と、それに携わる力士の精神、部屋のあり方、重要な因習、しきたりなどは頑として保守した。現代社会と違う「異界感」は、そこからも漂っていると思う。それが人々にはどれほど新鮮にうつったか。

伝統文化に限らず、疲弊したものにテコ入れする時、何を変革して何を保守するかの見極めが非常に大切だ。世間というところは無責任な場合があり、その声を「時代」だとして取り入れすぎると、元も子もなくしたりする。角界は、変革と保守を非常にうまく見極めたと思う。

加えて、私には忘れられない一言がある。大相撲がどん底にあえぐ最中、北の湖理事長は言い続けた。

「お客を呼び戻すには、いい相撲を見せること。これしかない。これがすべて」

今、確かにいい相撲が増えた。横綱鶴竜の変化相撲は恥を知るべきだ。しかし、鶴竜以外の力士は変化や引き技が減り、土俵際の攻防が厳しくなった。

戦国武将の毛利元就は、「本《もと》を忘るる者はすべて空《くう》なり」と言ったそうだ。「自分の本業を忘れ、色んなことに手を出すと、結局は何もかも失う」という意味だと私は解釈している。

現実に元就は趣味や芸ごとに走ることなく、ひたすら「本」である武将の道を求めた。結果、中国地方を制覇したと言えよう。

さらに、絶頂期にあっても決していい気にならなかった。大相撲にとって、意味するところは大きい。

（２０１５年10月４日）

陽が当たらなくても

このところずっと、私の自宅の電話がよく鳴ることよく鳴ること。みんな、女友達やその娘たちからで、用件は全部同じである。

「ラグビーのルール、わかりやすく教えて」

まったく、ワールドカップの前までは、ラグビーなんて何の関心もなかった上に、試合を見に行く私に、

「あなたって肉体派の男が好きよね。趣味ワルッ」

と言っていた女友達全員がこの掌返《てのひら》しである。

若い娘たちも全員が掌返しで、同じことを言う。

「今までアタシが見ていた男たちと、全然違うんですよ、ラガーマンって。今までの男って、やっぱお肌の手入れとかして、細身で筋肉とかなくて、おいしいレストランとかよく知ってて…みたいな。ワールドカップ見て、やっぱ男ってこうじゃなきゃっ

てか」

ほう、やっとわかったか。

私は大学時代、体育会ラグビー部のマネージャーだった。といっても、武蔵野美大なので早稲田や明治を思い浮かべないでほしい。それでも東京芸大、多摩美、東京造形大、日大芸術学部の五美大リーグがあり、私は授業よりマネージャー業に忙殺されていた。

昔から、私は肉体だけを武器に闘う男が好きだ。体中を傷だらけにして、時には重傷を負ってまでして、格闘する。何の得にもならないことを、必死にやる男たちに、男の原点を見るような気がしたものだ。弱小チームであってもだ。

そして二十年ほど前、由利工業の現会長須田精一さんが、瀬下和夫さんを紹介してくれた。ご存じの通り瀬下さんは秋田が生んだ最高のラガーマンである。秋田工業高校から明治大学に進み、日本代表選手だ。明大の主将であり、重量級フォワードのナンバーエイト。今でも一九八〇年代のナンバーエイトでは日本トップとする声がある。私はそれまで明治のラガーマンを試合会場以外では見たこともなく、ナマ瀬下と言葉をかわした時は、興奮のあまり酸欠状態になったほどである。

その後、瀬下さんが秋田で、新日鉄釜石の松尾雄治さんを紹介してくれた。あの時はもう、酸欠を通り越して失神しそうだった。

武蔵美のような弱小チームであっても、ラグビーはきつい。当然ながら、明治や早稲田や、全日本の選手たちのトレーニングと追い込まれ方は、絶対に人間が可能な範囲を超えている。それも、ラグビーは今回のワールドカップまで、本当に陽《ひ》が当たらなかったのだ。むろん、コアなファンはいたが、人気のある他球技に比べ、関心を持つ人は非常に少なかった。

陽が当たる兆しもない上、ラグビー人口は減る一方。いわば先細りなのに、全日本の選手たちは人間離れしたトレーニングに耐えた。

私は優勝候補の南アフリカに日本が勝利した瞬間、泣いた。何らの光も約束されない中、何をよりどころに耐えたのか。心の強さも人間離れしている。

もしかしたら、これこそがラグビー魂なのかもしれない。今でこそ、瀬下さんが経営する瀬下建設工業は、秋田市を拠点に全国の有名ホテルやレストラン、図書館や結婚式場などの新築・大規模改築を手がけている。だが、最初の受注は「犬小屋」だった。

今後に大きな仕事が約束されてもおらず、光のアテもない中、懸命に身を粉にして犬小屋を造ったことが、今をもたらしたのだろう。

そう思うと、ラグビーとラガーマンの実直な生き方は、私たちに力を与える。

今回の勝利は、秋田ノーザンブレッツラグビーフットボールクラブにも、必ずいい影響をもたらそう。

武蔵美のラグビー部室には「楽苦備」という落書きが今も残っているそうだ。

（2015年10月18日）

子は親をかばう

秋田では、親元で暮らせない子供たちを養育してきたのは、聖園《みその》天使園など四つの児童養護施設だという（秋田魁新報十月十日「もうひとつの家族　秋田・里親制度の今④」）。

その記事の中で、聖園天使園の職員が次のように語っていた。

「虐待に遭って家に帰れないのに『親がいい』という子どもがいる。親子のつながりや家への憧れは理屈じゃない」

私もこの言葉を裏づける経験をしている。一九九一年、「東芝日曜劇場」に一時間のテレビドラマを書いた時のことだ。主演の富田靖子は、児童養護施設の保育士という設定である。

その時、プロデューサーやスタッフと一緒に、ある養護施設を訪ねた。子供たちの生活を見せてもらい、保育士の話を聞く取材である。子供から話を聞くのは遠慮することにしていた。

ところが、子供たちが自分から話しかけてくる。驚くほど人なつこく、屈託のない笑顔を見せる。一人が私に言った。

「僕のお父さんねえ、お休みには必ず会いに来てくれるんだよ。優しいよ」

別の一人も言った。

「私はお休みになるとママが迎えに来て、お泊まりするの。いつもお土産持って迎えに来てくれるの」

二十四年も昔のことで、一言一句定かではないが、誇るようにそう言った。私が、

「いいお父さん、お母さんねえ。きっと一緒に暮らせるように頑張ってるから、元気にして待ってようね」

と喜ぶと、どの子も頬を紅潮させてうなづいた。

後で保育士たちが、涙ぐんで言った。

「全部ウソなんです。親は来ません。お泊まりもお土産も全部ウソです」

ウソだとは考えもせず、私もテレビスタッフも声を失った。目を赤くした保育士たちは口々に言った。

「親に捨てられたなどの事情を、子供はわかっています。五歳でも六歳でも、他の子と違うことを察しているんです」

「親が自分を悲しい目に遭わせているのは、自分が悪いからだという負い目を持つ子もいます」

「それでも親をかばうんです。どんな目に遭わされても、親がよくて」

「保育士や関係者は子供の事情を知っていますから、私たちにウソはつきません。でも来客にはつく。自分はたまたま施設にいるけど、親はとても立派で、自分を可愛《かわい》がっていると」

この切ない子供心に、私もテレビスタッフも黙りこくった。まだ幼い子供が、自分の状況を年相応に認知しながら、親をかばう。聖園《みその》天使園の職員の言葉通り、理屈ではないのだと思う。

そしてきっと、来客にウソをついている時だけ、自分が理想の親と共にあるような気がするのかもしれない。その時だけ、なかなか持ちにくいであろう自尊意識が、小さな心に生まれるのかもしれない。そんな光景を何度も見て来たであろう保育士たちが、涙ぐむのも無理はない。

この子供たちの心を、私は今もって子供の虐待死事件のたびに思い出す。子供は親を信じ切っている。非力な子供にとって、親は安心できる砦《とりで》だ。ウソをついてかばうほど、親がいい。そんな子供をなぜ虐待し、殺せるのか。誰より好きな親に暴力をふるわれたり、食事を与えられなかったり、数々の虐待の中で、子供たちは最後に何を思って死んでいくのか。

聖園天使園の職員は続けて語る。

「そんな子に、里親が家庭を見せてくれたらと思う」

本当の親でなくても、「ここはあなたの砦よ」と示してくれたなら、どんなにか落ち着き、自尊意識が生まれるだろう。

（2015年11月1日）

取るに足らない人

私が会社勤めをしていた時、それはそれは意地の悪い女子社員がいた。私は今日の今日まで、あれほど根性のねじれた人と会ったことがない。

よりによって入社直後から、私は彼女のいじめのターゲットにされてしまった。その数々のいじめの手口は後に私が脚本家になってから、すべてドラマに使っているので元は取った。だが、いじめの最中は本当に滅入《めい》る毎日だった。とにかく口撃、無視、無反応、陰口、中傷等々、暴力以外のパワハラ、モラハラは全部やられた。気弱な人がやられたら精神を病むだろう。自殺の原因になっても不思議はない。

ところが私の場合、ある時からまったく気にならなくなった。それは、

「そうか。この人と一生つきあうわけじゃない。私の人生のほんの一瞬を通り過ぎるだけの、取るに足らない人なんだわ」

と気づいたのである。私にとって、この気づきは特効薬だった。何を言われても何

をやられても、普段通りに話し、挨拶《あいさつ》し、顔で笑って心で無視。ナーニ、こんな取るに足らない人、一瞬通り過ぎるだけなのよ。適当に流していればいいの。いちいち傷つき、受けとめるほどの相手じゃないわ。

やがて、彼女は私ではつまらなくなったのか、本当に気弱な純朴な女子社員にターゲットを変更した。私はその女子社員に、こっそりと特効薬を伝えた。彼女は実にうまく乗り切り、サッサと寿退職していった。

こんな古い経験を、私は十月三十一日の「第六回ふきのとう県民大会」で話した。これは秋田県民が力を合わせて自殺予防に取り組むことを目指すものである。

秋田は自殺率が十九年連続で全国のワーストだったが、二〇一四年の調査でその座を返上した。

本県には「秋田モデル」と呼ばれる自殺予防対策があり、全国的に有名だ。それはNPOなどの民間団体、秋田大学など学術・医療機関、そして行政が一体となった「民学官連携」の大きなうねりである。ワースト返上はその効果に違いないが、入れかわった岩手県との差は僅《わず》か。今後の逆転も懸念される。

私は秋田県ほど豊かで、秋田県民ほど豪快でラテン気質の国民はいないと思っている。そのため、十九年間も自殺率ワーストというのが信じられなかった。

考えるまでもなく、自殺原因というのは、全国の人々に同じにある。経済問題、いじめ問題、家庭問題、それに病気や将来を悲観する等々、あらゆる問題、苦しみはどの地方の人たちにも同様にある。なのに、なぜ秋田が十九年も…と誰しも思うだろう。

するとある時、秋田の人に言われた。

「秋田県民は見栄《みえ》っ張りだから。自分の苦しみや恥を見せるくらいなら、死のうとなるって噂《うわさ》だ」

これには笑った。「えふりこぎは武士道に通ず」と言いたいわけか。自殺原因までえふりこぎだ。

だが、取るに足らない人や取るに足らないことが原因で、自ら命を絶つほどの恥はない。たかがあのレベルの人、そのレベルの事象と引き換えにするほど安っぽい命を、両親は作ったというのか。

むろん、苦しみの渦中にいる人にしてみれば、「他人に何がわかる」と怒るだろうが、死のうと思ったら、ふと両親の顔を思い出してみるのもいい。両親にしてみれば、自分たちが作った命をポイ捨てされては「この程度の価値だと思ってたんだな。バカにされてたんだな…」とうつむくだろう。

何が原因でも、取るに足らないとわかる一面が必ずある。そこから攻めに転ずることこそ武士道だろう。

（2015年11月15日）

今に必ず足に来る

二〇一七年四月に予定されている消費税率10％への引き上げ。それに対して、今、食料品の税を軽減することで、与党内で議論が続いている。軽減税率は精米、生鮮食品だけを対象にするという自民党。対して加工食品、酒類を除く飲食料品も対象にすべきだという公明党である。

軽減税率の対象として、最優先が「食料品」であることには、誰もが納得するだろう。国民が食費を切りつめ、栄養不足でヨロヨロしては、国が亡《ほろ》ぶ。

だが、国が亡ぶという意味で、同じく重要なのは新聞と書籍、雑誌への税率を軽減することだろう。これら活字文化は食料品と違い、切りつめてもすぐに表面に出ないが、欠乏はジワジワとダメージを与える。

食料品が体への栄養なら、活字は精神への栄養。国にとって「必要不可欠」という意味では、食料品と活字は両輪である。

私は大学生と会ったり、話をする機会が多いが、新聞も読まず雑誌も読まず、書籍はさらに読まないという状況は、想像以上だ。

先日も十六人の大学生と会い、さすがにこれは読んでいるだろうと質問した。

「又吉直樹の『火花』、読んだ?」

読んでいたのは十六人中男子学生が一人である。私は不安にかられ、聞いた。

「吉本の芸人の又吉さんが、芥川賞とったことは知ってる…わよね?」

七割ほどがうなづき、あとの三割はあいまいに笑った。知らないようだ。

続けて新聞を賑《にぎ》わした事件の数々を問うてみた。パリのテロ以外、十六人全員が語れる事件はゼロだった。

聞けば、お金は「スマホとゲーム」に消えるという。

私は情けなかったが、彼らを嫌いにはなれなかった。あまりにも脆弱《ぜいじゃく》で、穏やかな目をしていて、打たれ弱そうなのだ。私たち親世代が、こういう若者を育てたのだと思わざるを得なかった。だが、今後、日本を背負って諸外国の同年代とわたりあえるだろうか。

ふんだんに活字に触れていると、今、世の中で何が起き、どう考えられているかがわかる。多くのジャンルの書籍を読めば、考え方が広く深くなり、また疑問も出てくる。それは一人の若者を変える。必ず自信をつけさせる。

私は読売新聞の記事で、強烈に印象に残っているものがある（九月二十九日付）。経済危機で国が亡ぶかという窮地に立ったギリシャは、欧州連合（EU）などから支援を受ける条件を出された。ギリシャは日本でいう消費税率を改定。外食はかつて13％だったが、23％に引き上げられ、その他多くの品目を増税した。そこまでしてもEUの支援を受けないと、国が亡ぶかもしれないのだ。

ところが、それほどの危機だというのに、新聞や書籍、観劇代などは6・5％から6％へと逆に引き下げられたのである。

それを認めたEU諸国。たとえばイギリスは、標準税率が20％で、書籍と新聞は0％。フランスは書籍が5・5％、雑誌は2・1％（標準税率20％）、ドイツの出版物の税は7％（同19％）。アジアに目を向けても、韓国、タイ、マレーシアは出版物は消費税ゼロだ。

EU加盟国は標準税率が20％以上が多いが、新聞に関しては、イタリア、スペイン、オランダなど多くが標準税率の半分から五分の一までに軽減している。日本は標準税率10％になっても、そのままだろうか。むろん、もしも8％に据え置かれたからとて、活字人口が一気に増えるとは思わない。だが、増税すれば一気に減少するのは間違いないのではないか。

ボクシングのジャブと同じで、やがて足が動かなくなる。それからでは遅い。

（2015年12月6日）

脳を鍛える手仕事

高校の同級生が、バッグから紙袋を取り出した。

「ハイ、プレゼント。秋田の人の手作りだって」

これが洗たくバサミで作った猫で、目鼻はなく、白黒のチェックの縫いぐるみ。すごくしゃれている。

洗たくバサミは蛙《かえる》のように平べったくて、大きめのものである。それを伸縮性のある布で包み、綿らしきものを入れて猫のボディにする。洗たくバサミのはさむ方が前足に、手で開閉する方が後ろ足になる。そして顔とシッポを別に作り、ボディに縫いつけると可愛《かわい》い猫になる。首にはリボンまで巻かれている。

洗たくバサミなので、前足で何かをはさめる。私は早速、玄関ドアの新聞受けをはさませたが、帽子やバッグにもつけられる。

その同級生が言うには、小坂町の伊藤アサノさんと川口美好さんご姉妹が作っており、お二人は八十代と七十代だそうだ。

もともとはお二人のいとこに当たる方が作っていて、型紙をもらって始めてみたという。ところがやがて、欲しがる人が次々に出て来た。そこで、今では時々、道の駅に出していると聞くが、商売っ気はゼロ。「雪で外に出られない時期のひまつぶし」だそうで、一日に作る数もその時しだい。道の駅でうまく見つけたら好運というものだ。

何より大事なのは、こうした指先を使う習慣が、人間の脳を元気にすることだと思う。この猫は手縫いであり、相当細かい手仕事だ。だが、非常にきれいに作ってあり、縫い目などまったく見えない。八十代と七十代が、すごいことだ。

私は以前に『脳を鍛える大人の音読ドリル』で有名な東北大の川島隆太教授と対談したことがある。同教授は認知などを司《つかさど》る脳研究の第一人者である。

その時、脳機能を低下させない方法の一つとして

「何かをつくるというクリエーティブな目的で指を動かす」

ということを挙げておられた。そういった手仕事は、脳内の前頭前野という部分が非常に働くそうだ。脳全体に命令を出す部分だ。

その対談で、私は話題になっている速音読を、教授の前でやってみた。太宰治の『富嶽百景』を速いスピードで音読する。読み終えると、教授は、

「ふつうの人はこれだけスムーズに読めないですよ」

とびっくりされた。私が

「原稿はすべて手書きで大河ドラマなど、約二十年間で十万枚以上、全部手書きなんです。パソコンは持たないことにしていて、手紙もＦＡＸも手書きです」

と申し上げてみると、

「いちばん脳にいい生活です。手で書くという生活習慣があるのは、ずっと脳のトレーニングをしてきたことになるわけです」

と、お墨付きを頂いた。

もっとも、もはやパソコンなしでは動かない社会。仕事上も、持たずにはすまない人の方が多いだろう。

ならばせめて、指先を使う習慣を持つことを考えてはいかがだろう。川島教授はピーラーではなく包丁を使っての料理、楽器演奏などを挙げておられた。他にもプラモデル作り、切り絵、など色々と考えられる。クルミを握ってこすり合わせている人がいるが、あれはあまり脳が働かないそうである。クリエーティブでないからだろう。

五月二十九日付の秋田魁新報に、秋田市の一関真智子さん（69）がティッシュペーパーの空き箱でしおりを作り、通学路の子供たちに配って喜ばれていると投稿していた。すでに四千枚超だという。

指を使って何かを作ることで、自分の脳が元気になって、その上、他人にまで喜ばれるなら、最高の人生だ。洗たくバサミの猫を見ながら、そう思った。

（２０１５年12月20日）

羽後町の婚活策

昨年十二月二十八日の秋田魁新報の見出しに、「これ、いいわ！」と声をあげた。そこには、

「婚活に『セコンド』同席」

とあったのだ。

これは羽後町が、婚姻数増加に向けた施策で、「セコンド付き出会い事業」というそうだ。同紙には、

「町内の未婚男女を対象に、友人らが交際相手を紹介したり、婚活イベントに『セコンド』として同席する。交際に消極的な独身者の出会いを側面支援する狙いがある」

と書かれていた。

これを読んで、すぐに思い当たった人が多いのではないか。そう「セコンド」とは、昔で言う「見合いの世話人」に近い。

私は以前から「見合いというシステムが復活すればいいのに」と思っていた。結婚したいという男女の多くが、「相手と知り合うチャンスがない」と嘆く。

昔は職場や知人のオジサンオバサンが見合いをセッティングしてくれたものだ。今は「お節介は嫌われる」とか「責任が負えない」などで、見合いは廃《すた》れてしまった。何よりも、見合いの必需品「釣り書き」が問題だという。

「釣り書き」とは本人の生年月日や学歴、勤務会社名や仕事内容、身長、趣味、特技、家族構成、家族の仕事や学校などを細かく書いた書類に、本人の写真を貼付したものだ。それを世話人を通じて、両家が交換する。現代では個人情報にあたる上、条件によって相手を選別し、釣りあげるのかと問題になる。

一方、羽後町の「セコンド」はその名称からして現代的である。おそらく、昔のような釣り書きなど交換させず、オジサンもオバサンも、同年代の友人知人も、よく知っていて信用できる男女を会わせ、結婚まで進めば…ということだと思う。現代版見合いとして具体的に詰めてほしい。

「セコンドって何?」という人も、一度はテレビでボクシングの試合を見たことがあろう。選手は一ラウンド三分間を戦い、自分のコーナーの椅子に戻る。一分間の休憩だ。その時、選手のそばで戦法を指示したり、相手の情報を伝えたり、励ましたり、叱咤《しった》したり、気を鎮めさせたりするのが、セコンドである。選手に勝利をもたらすために、ずっと一体となって戦う。常日頃から選手をよく理解し、よさも悪さも熟知している人だ。

かつては、見合いの世話を「商売」にしているオジサンオバサンもいた。結婚がまとまると謝金は大きい。中には相手のことはろくに知らなくても、釣り書きがつりあうからというだけでまとめたりもしただろう。

だが、「セコンド」はそんな無責任な関係ではできない。自分のよく知る独身の友人や、先輩後輩、同僚などに結婚という勝利をもたらすため、一体となって戦うのだ。

実は会社員時代、私は自分も未婚だというのに、親しい女友達のセコンドをやったことがある。男性側のセコンドも私も、最初は苦労した。当の二人が交際下手で、セコンドが同席しないとデートもできない。男性四十代、女性三十代後半にもなってだ。

するとある日、男性が出張先から、彼女と私にお土産を買ってきた。男性側セコンドの指示である。私にまで買ってきた彼の心に、彼女はすっかり参ってしまった。女性側の私はすぐにお礼の食事に誘えと指示した。雰囲気のいい店まで指示した。

やがて二人は結婚し、今では孫もいる。

年齢に関係なく多くのセコンドが勝利に導けば、きっと羽後町は全国のモデルケースになるだろう。

唯一の注意点は、会わせた二人がそれぞれのセコンドを好きにならないようにすることだ。

（2016年1月17日）

500歳野球に学べ

私は秋田の魅力を聞かれるたびに言う。

「一番魅力的なのは、県民。よく言われるように、ラテン気質ですよォ」

国内外にその名を轟《とどろ》かせる秋田の美しいダリアに「NAMAHAGE」と命名するセンスも、婆《ばあ》サンがヘラで盛って売るアイスクリームだから「ババヘラ」とするセンスも陽気で絶品。

このラテン気質であればこそ、終戦後三カ月もたたないうちに、全県縦断駅伝大会をやったのだ。「コメだば何ぼでもあるから東京まで走れ」と声が出たというから、惚れ惚れする。全国民が敗戦に叩きのめされている時、秋田県民以外の誰が駅伝を発想するか。

そして先日、私はまた「やっぱり秋田だなァ」と、ぶっ飛んだのである。

読者の皆様は、大仙市の「全県５００歳野球大会」をご存じだろうか。私は何気なく開いた『通販生活』という雑誌（二〇一六年春号）で初めて知った。

この野球大会は、各チーム九人の選手の年齢が、合計して五百歳以上が必須条件で、九人全員が五十歳以上でないとならない。

一九七九年からこの大会をずっと続け、昨年で三十七回目。普通なら、少しずつ参加チームが減りそうなものだが、昨年は過去最多の百八十四チーム、エントリー総数は四千六百九十八人である。全県の「合計５００歳野球小僧」が、この日をめざして練習しているのだ。これだけでもラテンだなァと思うのに、『通販生活』にリポートを書いた小田豊二さん（聞き書き作家）によると、

「『５００歳野球大会』は、大曲のある秋田県大仙市が花火大会と同じくらい力を入れている大会」

だそうだ。天下の「大曲の花火」と同じほど力を注ぐなんて、ラテンだなァ、大仙市。

リポートの扉ページには、美しい投球フォームのピッチャーの写真が出ていたのだ

が、八十一歳の高田君雄さんだという。第一回優勝チーム「田沢湖駒陽《くよう》クラブ」の最年長先発投手だ。どこから見ても若く、力強い体をしている。各チームに八十歳以上の選手がたくさんいるそうだ。

さらにあっ気に取られたのは、開会式の写真である。大仙市の神岡野球場に、何と四千七百名近い「合計500歳野球小僧」が並んでいる。壮観だ。そこにアナウンスが響く。

「ただいまより、第三十七回全県500歳野球大会を開催します。選手入場！」

そして行進曲に合わせ、元野球小僧の大群が入場。ここでさすが大曲、青空に花火が鳴り響く。

実はこの花火、ただの花火ではない。花火が開くと落下傘が落ちてくる。その落下傘には「お酒引きかえ券」がついており、球場の外で落下傘の奪い合いが激しいと小田さんは書く。秋田だなァ。

その上、朝七時なのにネット裏は超満員で、球場では「秋田魁新報」の特別号が配られているというのには仰天した。ラテンだったのね、さきがけ。

こうして、独自のルールに沿って、二〇一五年は大仙市内十八の球場で、五日間にわたる熱戦が繰り広げられた。結果、秋田市の牛島クラブが栄えある優勝旗を手にした。

私はこのリポートを読んで、これをもっと多くの集まりに広げない手はないと思った。俳句や短歌やカラオケや、書評合戦や、あらゆるジャンルで「500歳大会」や「600歳大会」などをやるのだ。「二十代と八十代を必ず入れること」とか独自のルールでチームが戦うのは絶対に面白い。何よりも、各年代が各年代に敬意を持つようになるはずだ。

まずはラテンの秋田らしく、「町内500歳以上飲み会」から始めてはどうか。いや、本当《マジ》に。

（2016年2月7日）

「あど、いいわ」

一月三十日の秋田魁新報「追想メモリアル」に秋田市の、松田金十郎さんの胸を打たれる言葉が出ていた。

松田さんは昨年の十二月二十六日に八十二歳で亡くなられたのだが、秋田市土崎港に生まれ、「土崎神明社祭の曳山《ひきやま》行事」の継承に心血を注いできたという。私も土崎生まれなので、あの「曳山まつり」への熱は、幼い頃から祖父や叔父たちを通じて、よく知っていた。

松田さんは神事や曳山行事の第一人者として、全国山・鉾・屋台保存連合会の常任理事を務め、土崎神明社鎮座四百年記念行事では、高さ十五メートルの置山を約六十年ぶりに復活させている。これは普通の曳山に比べ高さが三倍もあり、電線に引っかかる。そのため消えたものだという。

他にも祭りによる犠牲者を出さない努力など、人生の大半を曳山行事に捧《ささ》げてきたのだと思う。そしてきっと、この少子高齢化の中で伝統の継承に悩み、先々を案じることも多かったのではないか。

そんな松田さんがもらした一言は胸を打つ。

記事によると、昨年七月二十一日、土崎の穀保町《こくぼちょう》を出たみこしが、神明社への道中にある松田家の前で止まった。体調を崩して自宅にいた松田さんに、一目見てもらうためだ。

松田さんは玄関先で椅子に座って迎えた。その時、地元に伝わる「浦安の舞」を、女児たちが踊った。すると松田さんの表情が緩み、言った。

「これ見れたがら、あど、いいわ」

きっと女児たちは弾けそうな若い体をして、つやつやの頬で、そして松田さんのためにだけ踊った。そこにはお礼の気持ちや「早く元気になって」という思いと共に、「私たち、こんなにできるよ」という誇らしさも見えただろう。

松田さんはおそらく、それらをすべて感じ、「もしも俺がいなくなっても、曳山行事は絶対に大丈夫だ」と満ち足りたのだと思う。

「あど、いいわ」

という一言にこめられた安心感は、百万語に勝る。

松田さんのように、人生の最後に「ああ、もう満足。もう何もいらない」と頬を緩めてこの世から翔《と》び立つにはどうしたらいいのか。結局は、元気な時期をどう生きるかという難題をクリアすることなのだろう。

よく言われるように、「よく生きた者だけがよく死ねる」ということを理解はするが、どう生きれば「よく生きた」と満たされるのか、これこそわからない。

必ず言われるのが、

「後悔したくない。自分の人生だから、後悔しないように自分で決める」

という生き方である。

これはその通りであり、この言葉は他人に有無を言わせない正当性を持つ。

その一方で、「後悔したくないから」と思う通りに生きて、結果として後悔している人と私は取材で何人も会っている。彼らの多くは自分で決めた道なので「後悔している」と口には出せず、日々を送っている。

それを思うと、「望むまま突っ走れーッ」も簡単には肯定しにくいのである。

元プロボクシング世界チャンピオンのファイティング原田さんは、かつて私に言ったことがある。

「人は死が訪れるまでの、いわば限定期間を生きるわけですから、そう考えるとどんな努力だってできるはずですよね」

原田さんは減量に地獄の苦しみをして、トイレの流す水を飲みたいというところまで追いつめられたが、

「生まれ変わっても、ボクサーになります」

と微笑《ほほえ》んだ。

生まれ変わっても…と思える生き方。それは「あど、いいわ」という充足につなが

るかもしれないと、ふと思った。

（2016年2月21日）

「偉そうな女」の課題

自分がその人に好かれていないことは、なぜかよくわかるものである。その人がハッキリと口に出さなくてもだ。まして現代人は人間関係に波風を立てたくない傾向が強いため、「あなたを好きではない」という本音は、誰しもできるだけ封じこめる。表面上はうまくつきあっている。だが、相手にはなぜかわかる。その段階さえわかる。つまり、自分を「ムシが好かない」「好きではない」「嫌い」という段階だ。

私の友人は、もう二十年以上も稽古事の教室に通っている。生徒は主に五十代から上の女性たちで、毎年、退会者もいれば新入者もいるそうだ。

すると先日、その稽古の帰りに、彼女から「ランチをしないか」と電話があった。せっかくだから他の友人にも声をかけ、四人で集まった。その時、彼女が力なく言った。

「私、教室やめようかな」

聞けば、半年ほど前から「偉そうな女」が一人入ってきたという。そして新参者でありながら、他の生徒を次々と自分の「手下」のようにするのだという。

「気がついたら私だけ仲間外れになっていて、教室に居づらいのよ。あの人は、私のこと嫌いなの」

彼女は嫌われる理由がわからず、話しかけたり一緒に帰ったり、旅のお土産を渡したり、色々と努力した。「偉そうな女」もきちんと大人の対応をするが、彼女にはわかる。自分を嫌っていることをだ。

ランチをしながら、友人の二人が言った。

「そういう人は会社でもママ友の間でも、必ずいるのよ。放っときゃいいの」

「そうよ。気にして悩むから相手も面白くなって、ますますやるのよ」

そう言われても、本人にすれば気になるだろう。

こういう時、私はいつもイチローと松井秀喜両選手の言葉を思い出す。

二人は、期せずして同じことを言っていたのだ。

松井選手は大リーグ一年目の開幕直後、不振にあえいだ。メディアに叩《たた》かれまくった。「気にならないか」と日本の新聞記者が聞くと

「気になりません。記者が書くことは僕にはコントロールできません。コントロールできないことには関心を持ちません」

と答えた。

同じく大リーグで、他の打者と激しい打率争いをしているイチロー選手に、相手の打率が気にならないかというような質問をした。すると、彼は答えた。

「愚問ですね。他の打者の成績は僕には制御できない。意識することはありません」

(共に朝日新聞、二〇一四年一月二十八日付)

ここ二、三年、A・アドラーの心理学が社会のブームになっている。アドラーは、『嫌われる勇気』(ダイヤモンド社)の中で「自分の課題」と「他者の課題」を分けよと教えている。つまり、自分を嫌うかどうかは「他者の課題」であり、他者が解決する問題だ。他者の心は自分では制御できない。だから、そんな「他者の課題」を気にしても意味はないというのだ。

イチロー、松井両選手は、アドラー心理学がブームになるより遥《はる》かに前から、ここ

に到達していた。同紙も書いている。

「これは超一流のアスリートが持つ共通の感情だ」

彼らは厳しい世界で生き続ける。世間の目、成績、監督や組織の評価、ライバルの台頭、体力等々だ。

その中で、「自分で制御できないもの」は放っておく。他者の課題だから、自分には関係ないのである。

この考え方は、超一流アスリートではない私たちにも参考になる。

「偉そうな女」が自分を嫌おうと好こうと、それは「偉そうな女」の抱える問題だ。こっちは「どうぞご自由に」と距離を置けばいいのである。

（2016年3月6日）

牛もすごいんです

東京は銀座六丁目にできた鉄板焼き店「五明《ごめい》」に行って来た。

ここは秋田市に本社を置く「株式会社ドリームリンク」が開いた店である。昨秋のオープンに当たっては本紙にも「秋田牛高級路線でPR」として記事が出ており、ご記憶の方もあろう。

だが、私は「秋田牛」という名をこれまで聞いたことがなかった。

「五明」で食べて驚いた。「秋田牛」なるもののおいしいの何の。松阪牛や神戸牛や、東北ならば米沢牛や前沢牛と互角に横綱相撲を取れる。そう思った。

聞けば、秋田には実に二十五もの銘柄牛があるのだという。ところが、いずれも生産量が少なく、知名度に欠ける。だが、「秋田の牛肉のおいしさには自信がある。全国に広めたい」と関係者は考えた。そこで肉質が三等級以上で、飼料に一定量の米を使うなど厳しい条件をつけ、それをクリアした黒毛和牛だけに、「秋田牛」なるブランド名を与えた。

つまり、この名前はできたばかりであり、まだまだ知られていないのだ。

秋田は美人と学力の高い子供だけではなく、「牛もすごいんです」として、銀座に打って出たのは、自信のあらわれだと思う。「五明」では秋田牛の中でもトップクラスの

A4、A5の肉しか出さないという。

店は銀座のいい場所にあり、数寄屋橋交番からも帝国ホテルからもソニービルからも近い。

「五明」という店名は、江戸時代の有名な俳人である吉川五明からとっている。吉川五明は秋田城下の豪商那波《なば》三郎右衛門の五男。那波商店は私の故郷土崎で、今もずっと続く伝統の地酒店である。

「五明」の店内は古い商家をイメージした造りで、ふんだんに秋田杉を使った空間だ。そこでとびっきりの秋田牛と豊かな秋田の食材や地酒を口にしながら、私は「贅《ぜい》沢《たく》」ということを考えていた。「お金の使い方」と言い換えてもいい。

たとえば洋服を買う時、三万円のセーターを一枚買う人と、五千円のセーターを六枚買った方がいいと言う人がいる。片方の人は、

「安物は素材が悪いし、見てすぐ安物とわかる。そんなものを着ても気持ちが華やがないわ」

と言い、もう一方は、

「セーター一枚に三万円も出す気ないわ。素材なんて誰も気にして見ないし六枚あった方が楽しい」

と言う。

では、安いセーターを買う人がケチかというと、そうとも言えない。その人は、

「新幹線はグリーン車よ。ゆったりして快適だわ」

と言い、三万円の人は、

「列車なんて同じに到着するし、普通車で十分よ。グリーンは必要ない」

と言ったりするのだ。どこにお金を使うのか、どこに贅沢するのが自分を心地よくしてくれるのか、その価値観が個々人で違うというだけのことである。

「五明」のメニューはコースのみで、一万八千円、二万五千円、三万円。最高級の秋田牛、比内地鶏、白神ラム、そしてコースによって秋田本ズワイガニやアワビ等々も豊かに並ぶ。

それでも「一回の外食にそんなにお金をかけるなんて信じられない。一万八千円あれば三千円の外食を六回するわ」と言う人はあろう。当然だ。だが一度、自分の贅沢観に逆らってみる手もある。

いや、大きなお世話だろうが、「五明」で出される秋田の食材があまりに贅沢でおいしく、「秋田って銀座に絶対負けないね」と、その地が故郷であることを誇らしく感じたからだ。この感動だけは、三千円六回にはありえず、そんな経験も贅沢なこと

ではあるまいか。

（2016年3月20日）

洋上の夫婦たち

私は二〇一三年の暮れに文藝春秋の仕事で、豪華客船「飛鳥Ⅱ」に乗っている。石垣島から奄美大島を経て、大阪港で下船する五泊六日の旅だった。

三月二十四日の秋田魁新報に、初代飛鳥の五代目船長を務められた幡野保裕さんの講演記事が出ており、非日常の至福の旅を思い出した。記事によると、秋田魁新報社は九月に「飛鳥Ⅱで行く北陸富山3日間」を行うそうだ。

私が乗船したクルーズは乗客の平均年齢が七十・三歳。親子や友人グループで乗っている人も少なくなかったが、圧倒的に「シニア」とされる年代の夫婦が多かった。

乗客総数は約六百名で、年代は幼児から九十代までと幅広い。

私が何より驚いたのは、乗客の夫婦仲がいいことだった。むろん、世の中には仲のいいシニア夫婦はたくさんいる。だが一方、会話が少なく、旅行でも遊びでも夫婦で行くより友達と行く方がずっと楽しいと言うシニアも決して少なくない。それは離婚だ別居だということではなく、ここまで何十年も連れ添って、今さらときめかないし会話も続かないという、安定していればこその関係とも言える。

それが洋上では、どの夫婦もどの夫婦も常に一緒でよく話しているのだ。見ていると、船内で出会った夫婦たちが仲よくなり、二組や三組で笑いあって食事をしていたり、ダンス講習会で楽しそうにレッスンを受けていたりだ。ハッキリ言って地上ではあまり見ない「夫婦円満之図」が展開されていた。まさに非日常である。

これはなぜだろうと、文春の編集者とも話していたのだが、ふと気づいた。

非常にいい意味で、洋上では逃げ場がないのだ。

船室はちょうどホテルのように、バストイレ付きのツインベッドルームだ。ホテルならば、一人で町に出て、息抜きもできる。しかし、船の外は大海原である。巨大な客船は揺れが少ないので、つい洋上にいることを忘れるが、狭いところで顔をつきあわせて息がつまっても、せいぜい船内で隠れるくらいだ。

だが、夫婦でべったりと一緒にいるしかない時間は、「ああ、二人して五十年生きてきたんだなァ」と思わせるのではないか。さらに、何のしがらみもない夫婦たちと親しくなる解放感。船内での講演会や音楽会にも一緒に行く。そういう時は、どの夫婦もおしゃれをしている。「うちの女房の方がきれいだ」とか「うちの夫、イケてる」とか、互いを見直すこともきっとあるのだと思う。

日常では会話が少ない夫婦でも、酔いざましにデッキに並んでしゃべったり、オレンジ色に明けていく空と海を眺めたりしながら、「よくここまで、二人で一緒に年を重ねてきたなァ」と、相手をいとおしく思うのではないか。

元々は他人だった二人が、こうして生きてきたことは、神の配剤としか思えない。そう感じることもあるに違いない。

この気持ちは、下船すれば薄れていくとしても、私は脳の深いところには残る気がしてならない。

やはり「飛鳥II」に乗った脳科学者の茂木健一郎さんが、船室にあった冊子に書いておられた。

「普段の生活とは異なる、真逆の空間にいることで脳のバランスが回復します」

そして、そんな時間を過ごす効果を言う。

「脳にとって一番の癒やしになるのです」

「飛鳥Ⅱ」は贅沢《ぜいたく》すぎると思うなら、他の何でもいいから「日常を忘れる時間」を持つことを考えてはどうだろう。それによる癒やしは、必ず伴侶への優しさになって出てくるように思う。

（2016年4月3日）

おトラさんの民謡

私が新卒で就職した会社には、テニスやヨットから茶道、謡曲までたくさんのサークルがあった。

その中で、私が最初に入ったのは「民謡部」だった。みんな驚くが、本当である。

私が子供の頃は、酒が入ると大人たちは必ず民謡を唄ったものだ。私は父の唄う「南部牛追唄」が好きだったのだから、何とも渋い子供だった。

会社で私が所属していた総務部には、「おトラさん」と呼ばれるお掃除のお婆さんがいた。柳家金語楼が演ずる「おトラさん」にそっくりだということでついたあだ名だそうだ。

このおトラさん、民謡がうまくて、廊下やオフィスのゴミを片付けながら、全国の民謡を口ずさむ。一流大企業に、「佐渡へェ、佐渡へェと草木も」とお婆さんの鼻歌が流れても文句ひとつ出ない時代だった。

入社して間もなく、私はおトラさんに言った。

「何か秋田の民謡、唄ってもらえます？」

おトラさんは狭くて薄暗い雑用室で、手拍子を打ちながら「生保内節」と「ひでこ節」を唄った。ああ、民謡って何ていいんだとゾクゾクした。

すると、突然おトラさんは私の手を取った。

「アンタ、民謡部に入んな。私、副部長なんだよ」

かくして昭和四十年代に、早くも茶髪、まっ赤なマニキュア、超ミニのイカれたネーチャンは、民謡部に引っぱりこまれたのである。

部員は私以外は全員が定年間近の年代で、みんなが練習していたのが、宮崎民謡の

「刈干切唄《かりぼしきりうた》」だった。部長は「これは無理だから」と、私には発声などをゼロから教えてくれた。が、悲しいかな、私には民謡の才能はまったくなく、やがて宴会と発表会の下働き要員になってしまった。

民謡は今も全然唄えないが、おトラさんのおかげで日本各地の誇りと、その土地の心を教わったなァと思う。民謡は若い人に伝えるべきだ。だが、今の大人は酔っても唄わない。伝わっていないのだ。

一九六〇年代あたりか、「舶来文化」に憧れた頃、日本独自の文化、伝統を自虐的にみる時代があった。伝えるどころか、恥じて切り捨てた。こうして多くの伝統、文化、精神、行為が消えた。

秋田魁新報の「萌芽の風　地域をつくる若者流儀」を毎日面白く読み、頼もしさを感じていたが、民謡歌手として全国大会で最高賞を受けた秋田市の浅野江里子さんの言葉は、秋田の在り方を示唆している。

「青森の街を歩いていると、BGMのように津軽民謡が流れている。観光客が気軽に民謡を楽しめる場所もある。そういうところが秋田は弱い。何だか悔しいです」

ロックや他の現代音楽でミュージシャンが津軽三味線に非常に関心を持ち、コラボを実現する。これは、地元の人たちが民謡にせよ三味線にせよ、「どうだ、すごいだろ」

と誇って示し続けた結果だと思う。今ではセールスポイントに育った。

テレビドラマの舞台地を決めるために、東北各県を歩くと、陽気で人なつこくて地域への自慢を全開にするのは、まず青森である。

かつて別の地域を考えていた私とプロデューサーは、青森県人の熱い郷土愛に圧倒され、舞台地にしてしまったことさえある。

浅野さんは秋田市大町の飲食店「第一会館川反《かわばた》店」で週五日唄い、金曜夜には三味線の兄鵬修さんと「秋田長屋酒場」に立っていると記事にあった。

一度失速しても、いいものは必ず、人の力で甦る。「民謡王国秋田」と称される以上、それを秋田の売りとしてどう強くしていくか。出前授業を始めるのはどうだろう。全県にいるおトラさんのような人々の、声と心は子供にきっと響く。

（2016年4月24日）

秋田力で稼ごうよ

秋田魁新報の三月九日のコラム「あきた経済問答—日銀秋田支店長の目」が、とびっきり面白かった。嫌われそうなことを、グイグイと書いたのは野見山浩平支店長である。秋田にとって考えさせられる内容なのだが、秋田出身の有名人たちが、かつて私に言っていた。

「秋田県人は、その時はみんなして頑張るべ！と誓い合って熱くなる。だども次の日になれば何ごともなかったように、ズラッとして酒っこ飲んでるなだ」

県民性というか、この動じない気質、破格の明るさが、実は私は大好きだ。だが、少子高齢化、人口の減少などを考えると、動じないばかりでは困る。野見山さんは書いている。

「全国最低レベルにある『稼ぐ力』をどう引き上げるかが重要な課題だ」

まったくその通りである。秋田は米から肉に至るまで豊かで、かつ県民性がラテンなため、「稼ぐ」という根性が希薄だ。野見山さんはきっと秋田に赴任して仰天されたのだろう。次の文章には笑った。

「例えば、秋田の祭り。恐れながら、観光イベントとしてみると、『タダ』が多すぎる。なぜ、こんなにすごいお祭りをタダで見せてもらえるのか不思議で仕方ない。開催に掛かる費用や労力は地元にとって相当な負担のはず。喜んでくれた客からワンコインでも寄付を募るという発想があってもよいのではないか」

まったく同感だ。だが、発想がないというより、ワンコインなんぞをもらうケチな発想が県民性に合わないのだと思う。昔から秋田県民は「えふりこぎ」、見栄っ張りといわれる。

だが、秋田を取り巻く事態は逼迫《ひっぱく》しており、本気で稼ぐ必要がある。

野見山さんは書く。

「対価を気にしない『おもてなし』は、文化として素晴らしいが、ビジネスとしては『こんなところ(もの)でよろしければどうぞ』と言わんばかりの、腰の引けた姿勢を感じる」

私は神戸淡路大震災の際に、ダイエーの中内功会長兼社長の行動を思い出す。行政が道路の渋滞などで救援物資を被災地に届けることに手間どっていた。ダイエーはいち早く駐車場をヘリポートにして商品を運んだ。その時、タダで配るグループや組織が多い中、ダイエーは普段通りの対価を取った。それに対し、マスコミはおかしいと報じた。私が月刊誌で中内さんと対談した時、そのことに触れるとスパッとおっしゃった。

「商人というのは、いつも通りの商品を、いつも通りの値段で、いつも通りに売ることです」

行政ができずにいたことを、商人は直ちにやった。それをタダで配ったなら、美談としては素晴らしいが、「こんなものでよかったらどうぞ」という印象で、プロの商人がしてはならないという姿勢だ。

野見山さんも県民は「自らの価値を再発見」する必要があると書く。ダイエーが、行政よりも迅速に物資を被災地に届けたことは、社員たちに商人としての価値を再発見させただろう。ワンコインを頂くためには、県民が秋田の価値に気づかねばならない。

最近、秋田の若者がテレビマイクを向けられ、

「秋田は果物もあんまりないし…」

と言っていて驚いた。この人は自分の故郷がリンゴ、サクランボ、モモを筆頭に、多くの果物が本家を真っ青にしていることをまるで知らない。知らないのに自虐的に言う愚かさ、情けなさ。

秋田はまず、老若男女の県民に「秋田の価値を再発見する」ことの徹底から始めるしかない。

本気で官民産学が手を組むことだ。そうしなければできることではない。

（2016年5月1日）

継続は力なり

ある夜、電話が鳴った。昔、私の仕事を手伝ってくれていた塚橋一道さんからだった。

「僕、平成二十七年度の橋田賞新人脚本賞を頂くことになりました。真っ先にお知らせしたくて」

私の驚いたの何の。これはまだ埋もれている有望な脚本家を発掘しようという橋田壽賀子先生の意図のもと、橋田文化財団が選考している。新人にとって登龍門とも言える賞だ。

塚橋さんは横手の出身で、現在四十五歳。祖父が開いた「塚橋写真館」は、今はもうないが、横手で最も古い写真館だったという。

だが、本人は横手北小学校を出て、鳳《おおとり》中学へ入学して間もなく、橋田壽賀子脚本の「おしん」に感動。早くも十三歳にして脚本家になると決めたという。そして二十歳の頃から本格的に書き始め、コンクールに応募を続けては落ちていた。

私がたまたま知りあった時、彼は確か三十三歳だった。芽は出ず、もう諦めるべきかなど、苦しい心理状態だったのではないか。書いたものを読ませてもらうと、書ける人だと感じたし、本人は穏やかな素直なタイプなのに、面白い発想をする。そこで、私のドラマを小説化《ノベライズ》する仕事などを二年間ほど手伝ってもらった。

その頃、私は世間が「ネバー・ギブアップ」の精神を過剰にもてはやしているように思っていた。「しがみつくより散り際《ぎわ》千金」という考え方を、もっと評価すべきではないか。

だが一方、何年も何十年も諦めずに夢を追いかけ、ついにモノにしてしまう人たちも決して少なくはないのである。

私は塚橋さんに、

「脚本家はいい仕事よ。でもヤクザな仕事だと思う。将来をよく考えて」

と言い、同時に、

「『継続は力なり』というでしょ。続けることで、間違いなく力はつく」

と言った。「散り際千金」と「ネバー・ギブアップ」の両極を言ってのけたことになるが、どちらの道を行くかは、年齢や状況で本人が決めることだ。

あれから十年、彼がずっと書き続け、コンクールに応募し続け、アルバイトで生計をたてながら脚本家をめざして走り続けていたとは、正直なところ考えてもいなかった。二十歳で本格的に書き始めてから、実に二十五年間である。

受賞の知らせを受けた電話で、私は喜びの声をあげながら聞いた。

「塚橋君、あなた、何をよりどころにして、二十五年間も頑張れたの？」

「頂いた言葉です。『継続は力なり』って」

ああ、彼は撤退を匂わす言葉より、突き進む言葉の方が心にしみたのだ。一本の道を、塚橋一道の名の通り、一途に進んだのだ。

橋田賞受賞式の五月十日、塚橋さんはＴＢＳドラマ『天皇の料理番』やＮＨＫ連続テレビ小説『あさが来た』のスタッフや、岸本加世子さん、佐藤健さん、鈴木亮平さん、吉田羊さん、三田佳子さんら、きらめく人たちと壇上に並び、橋田先生から賞を受けた。

むろん、この賞を受けたからといって、脚本家として独立できるわけではない。おそらく、今後の方がもっと困難だと思う。

電話を切る時、彼は明るい声で言った。

「僕はどこに住もうが、どうなろうが、横手の人間だといつも思っています。考えごとも全部、横手弁でやってるんですよね」

もしかしたら、あの清らかで厳しい故郷が、彼の根幹を作っているのかもしれないと、ふと思った。豪雪の後に必ず来る春、朝な夕なに見る不動の鳥海山、他とは違う時間の流れ方。そんな横手が作った四十五歳の新人は、厳しい今後を平然と乗り越えて行きそうな気がする。

（2015年5月15日）

根拠のない過信

このたびは、秋田の方々からもたくさんのお見舞の手紙やメールを頂き、本当にご心配をおかけしてしまった。

ゴールデンウイーク前、風邪のようなだるさや疲れやすさがあったのだが、熱もなく、他の症状もないので放っておいた。やがて動悸《どうき》や息切れがあらわれ、咳が出始めた。そして、すぐに三十九度を超える熱である。動悸と息切れはひどくなり、少し動くだけでハアハアゼェゼェ。歩けたものではない。

私は心臓病の再発かと思い、かかりつけの聖路加《せいろか》国際病院に這《は》うようにして行った。

数々の検査の結果、

「肺炎です。このまま入院して下さい」

と診断されたのだから驚いた。

肺炎なんてかかりっこないと、何の根拠もないのに思っていた私は、予防注射の案内をろくに見もせず捨てていたのだ。それにこの注射は痛いと聞いていた。かかりつこない肺炎のために、痛い思いはしたくない。女友達は、

「五年に一回やればいいのよ。五年に一回なら我慢できるでしょうよ。肺炎は日本人の死因の第三位だってよ。それに苦しいのよ。予防注射、一緒に行こ」

と盛んに勧めてくれたというのに、私は、

「ちゃんと食べて、ちゃんと睡眠を取っていれば、かからないわよ」

と、これまた根拠のないことを言って無視したのである。

なのに、かかってしまった。女友達はさぞ高笑いして「だから言ったでしょ」と思っていたに違いない。彼女が言った通り、肺炎の苦しさは半端ではない。

医師は私の肺のCT写真を前に、丁寧に病状を説明してくれた。健康な肺は黒く写るそうだ。病気を持つ肺は白く写る。

私の肺は黒いところを覆うように、白い部分が上に向かって広がっていた。それを見るなり、私はゼェゼェしながらも声をあげた。

「あらア、きれいですねぇ。何か闇夜に白い花が満開に咲いているみたい」

医師は「この呑気者《のんきもの》が」とでも言うように、あきれていたが、本当に夏の夜に大きなクチナシの花が咲き誇っているようだった。

私の肺はまだ闇夜の黒さが残っていたわけだが、白い花の部分がどんどん広がると死に至ることもあるらしい。

幸いなことに、私は合併症も感染症もなく、一週間で退院できた。だが、医師に言われた。

「肺炎をなめてはいけませんよ。予防注射を受けなかったんですか」

いくら私でも「どうせかかりっこないのに痛い思いはしたくない」とは言えない。

だが、ふと気づいた。病気というものは「突然」やってくることが多いのではないか。むろん、本人が気づかなくても前兆があったりするのだろうが、気づかない本人にしてみれば「突然」だ。

私がかつて心臓病に襲われたのもまさに「突然」で、私には前兆などまったく感じられず、かなり激しい運動もして、不規則な生活も元気にこなしていた。心臓病にかかるなんて、肺炎よりもっと考えていなかったと思う。だが、かかった。「かかりっこない」ほどアテにならない過信はない。

人間には寿命があり、必ずいつか終わる。だが、生きている間は元気な方がいいに決まっている。となると、予防できる病気は予防するのが得策だ。

そう納得したものの、それでも痛い思いはしたくない私は、医師に聞いた。

「一度肺炎になったら免疫ができて、もうかからないということ、ないですか」

医師は苦笑して、ハッキリと首を振った。


（2016年6月5日）

なぜ知ってるの？

前回、私が突然肺炎にかかったことを書いたが、病名も入院も誰にも言わなかった。医師の診察は「順調に回復すれば一週間程度の入院」である。ならば、なまじ知らせることで見舞いの時間を取らせたり、気遣いをさせたりしては申し訳ない。

ところがだ。なぜかみんなに知られている。友人知人ばかりか、仕事関係者からも、お見舞いのメールや電話が次々と届く。何十年も会っていない同級生たちからもだ。そこには「肺炎、恐《こわ》いからお大事に」などと、病名まである。

なぜなんだ?どうして?と恐くなった。やがて、やっと分かった。ネットのニュースで報じられたという。私はパソコンを持っていないので、ネットのニュースなんてあることも知らなかった。

そして思い当たった。私は日本看護協会主催のエッセーコンテストの選考委員として、表彰式で講評を述べることになっていた。しかし、欠席せざるを得ないため、講評文を送る際、「肺炎で入院」という欠席理由を書いたのである。

当日は取材記者もおり、会場で代読された私の講評文を聞いたのだろう。それがネットのニュースとして出たらしい。

この一件で、考えさせられた。「ネットニュースの読者層の厚さ。驚くべき読者数」と「紙の新聞の将来」を、である。

昨今、肺炎の恐さが言われるようになり、私の罹患《りかん》はタイムリーではある。だが、私の入院などニュースバリューはないし、紙の新聞に出ることはありえない。万が一、隅っこに小さく出たとしても、あんなにも多くの老若男女に知られることはなかっただろう。ネットのニュースというものは、今や桁外れの人々に読まれていると実感させられた。何しろ宅配便のドライバーまでが、

「肺炎、どうっすか」

だ。犬の散歩をしていた八十代らしき女性までが、「あーら、退院したの？」である。かつての日本人が起床と共に朝刊を読んだように、今の老若男女はネットでニュースを読む。

紙の新聞はどう対応すべきなのか。

私は今回、初めて事務所のパソコンでネットのニュースを読んでみたが、紙の新聞とは別物で、競合しないと感じた。

小さなニュースさえも細かく拾いあげ、事態の変化までを刻一刻と報じるネット。それをスマホなどでいつでもどこでも読めるのだから、「紙」が速さや手軽さ、情報量の多さを競っては勝負にならない。

ネットのニュースは非常に整然としていて、読みやすく、実に便利だと思った。またクールで無機質だとも感じた。言うなれば、紙の新聞が持つ高揚感や臨場感、熱気は希薄で、記事というより文書を読んでいる距離感。

もしも、何か大きな賞をもらった人や初めて甲子園出場を決めた学校や、栄誉なことがあった時、ネットのニュースで流れても嬉《うれ》しさ、誇らしさは紙の新聞に出た時とは比較にならないのではないか。見出しの大小からレイアウトの位置まで、紙の新聞が持つ猥雑《わいざつ》な熱気と人間臭さは、ネットにはない。

こう考えると、ニュースや数々の社会現象、人心の動き、またスポーツや芸能についても、専門家が論じたり、読者が論争したりするのは整然とクールなネットより紙の独壇場だろう。

紙の新聞は生き残りをかけて、徹底して持てる武器を洗い出すことだ。

私はラジオ局の番組審議委員をやっているが、その生き残りの工夫は驚くほどだった。今、ラジオの聴取率が顕著な上昇傾向を見せている。人々はネットとは違う個性を認めたのだと思う。

（2016年6月19日）

医師に望むこと

肺炎とは別の急な入院で休載し、申し訳ありませんでした。八年前に急性の心臓病に見舞われて以来、たまに不整脈が出ることがあります。幸い生命にかかわるものではないのですが、出ると動悸《どうき》や息切れで動けません。

六月中旬、その苦しさに襲われ、しっかり治そうと入院致しました。検査を重ねて内科的治療をし、元気に退院致しましたので、ぜひまたご愛読ください。

＊

六月十二日、私は大曲仙北医師会と秋田県医師会が主催する「秋田県南医学会　医師卒後研修講座」で講演するため、大曲にいた。

不整脈に襲われたのはその四日後のことである。

私はそんなことになるとは思わず、「医師に望むこと」というテーマで九十分話した。これは過去の入院や通院経験から、どうしても話したいテーマだった。

患者やその家族が医師に望むことは、医学的診断の確かさや手術のうまさから、ものの言い方や態度に至るまで多種多様だろう。

私は「患者に希望を持たせてほしい」ということを強く望んでいる。

医師には二つのタイプがあるように思う。患者に「希望を持たせる」タイプと「不安を持たせる」タイプである。後者は医師がそんなつもりでなくとも、患者は脅された気になり、生きた心地がしない。

おそらく、医師が考えているより遥《はる》かに敏感に、患者は医師の言葉に反応する。言葉の裏を探る。

私は会社員の頃、急に腹痛を起こし、初めての医院に飛びこんだ。医師は検査と診察の後、

「大きな病気が考えられるので、薬は出しません。その大きな病気だと、飲んでも意味ないからね」

検査結果が出るまでの何日間か、私は悪い方に悪い方に考え、生ける屍《しかばね》と化していた。結果、何でもなかったのだが、あの時のストレスは計り知れない。

一方、八年前に心臓病で倒れた時は、二週間の意識不明が続いたため、全身の筋肉が落ち、まばたき以外はピクリとも動かない体になっていた。一か月間は何も覚えていない。その後、私は重い脳の病気だと思い、医師に「少しは動くようになるでしょうか」と聞いた。

医師は笑顔で答えた。

「焦らずボチボチやりましょう」

これは脅しではないが、患者の私は敏感に反応した。一生動けないから医師は回答

を避け、穏やかな言葉と笑顔で逃れているのだと。私の気力は失せ、動かない体を置き物のようにベッドに横たえるだけになった。

後日、別の医師が言った。

「筋肉が落ちただけで、理学療法士とリハビリに励めば、元に戻りますよ。ただし、合併症や感染症が出ない場合ですよ」

この一言で、全身に希望がみなぎった。持ってない力まで出る気がし、治す努力は何でもしようと、置き物は自分に誓った。

ただ、医師が希望的なことを言うのは難しいのだと思う。病気が急変して死に至ったりすれば、言葉と違うとして訴訟になりかねない。また、医師として絶望的病状がわかっているのに、希望的なことを言うのは無責任なウソだとも思うだろう。ならばせめて、ウソでない範囲で希望的な言葉をかけられないものか。

以前にテレビで見たのだが、聖路加国際病院の日野原重明理事長が、緩和ケア病棟にいる末期ガン患者の手を取り、

「オ！この前よりずっといい血色だ。いいね」

と言った。患者は喜んで持ち直し、死期が延びた。

許容範囲の希望の言葉は、間違いなく医師が考えているよりずっとずっと患者を勇

気づける。

今回の入院で再確認させられた。


（２０１６年８月７日）

老人の愚痴

元気になって退院した私だが、月に一回は外来で診察を受けている。

そして先日、病院の一階ロビーのソファに座り、会計の順番を待っていた。

私の隣には四十代半ばかと思われる女性が座っており、彼女の前には車椅子がとめてあった。そこには八十代前半に見える女性が座っていた。どうも母親と娘か、あるいは姑《しゅうとめ》と嫁のようである。

この母親が、ずっと昔話をしている。病院は非常に混んでおり、会計で私の名が呼ばれるまでかなりの時間があったのだが、もうずっと昔話である。娘か嫁かという女性は、うんざりした表情で何とか話を別にそらそうとするのだが、それるものではない。

母親の車椅子は、私のほぼ正面といっていい位置にとまっているため、話は全部聞こえてくる。何よりも困ったことに、その母親は昔話の途中でため息と共に何度も言うのだ。

「ああ…　あの頃はよかったよ」

「今の世の中、生きてても何も楽しいことないし」

「病院に来て痛い思いして治すより、死ぬ方がましなんじゃないかねえ」

本当にこれを繰り返すのだ。さすがに娘だか嫁だかが、ビシッと遮った。

「ママ、聞き苦しいッ。そういう後向きの話ばっかりだから老人は嫌われるのよッ。死ぬ方がマシならお好きにどうぞ。こっちも病院に連れて来なくてすむなら助かるわよ」

ここまで強く激しく言えるのは、たぶん娘だ。嫁ではあるまい。

母親はうつむき、黙った。娘の激しい言い方は、おそらく堪忍袋の緒が切れたのだろう。母親はこれまでもことあるごとに「あの頃はよかった」「生きていても楽しくない」「死んだ方がマシ」と繰り返していたのではないか。娘は我慢して聞いていたに違いない。

娘の爆発はよくわかる。老人のこういう言葉は若い人にとって「愚痴」なのである。言ってもしょうがないことを言ってどうするのよッ！という思いだ。昔に戻れるわけではないし、今が楽しくなかろうと、生きている以上は自分で何らかの手を打たねばならない。私の年齢でさえそう思うのだから、若い人はさらにだ。私は隣に座っているのも息苦しくなり、立ち上がろうとした時、娘が、

「ママ、帰りにどっかでお昼食べようか」

と言った。さすがに言い過ぎたと思ったのだろう。母親は素直にうなづいた。

私は新聞や雑誌の気になった記事は切り抜いて取っておくのだが、秋田魁新報の今年四月八日の「えんぴつ四季」に、秋田市の波多野連さん（90）がとてもいい文章を寄せておられる。

「遠い思い出」という題で、昭和初期の幼い頃に両親と手をつなぎ、千秋公園に行った話だ。二の丸の隅に出された屋台のそば屋で三人並んで食べたことを、細かく鮮やかに思い出し、

「卒寿も過ぎて昨日のことも忘れているのに」

と書く。それは両親に愛されて育った実感がなすものではないか。

私がとても心打たれたのは、次の文章である。

「大昔の思い出が、今日生きる私に力を与えてくれた気がする。それは超高齢者だから感じられる『至福』かもしれない」

こういう考え方の人は、どんなに昔話をしようが「愚痴」には行かない。昔話が今日を生きる自分に力を与えると感じる人は、「あの頃はよかった」だの「生きていても楽しくない」だのという言葉は絶対に出て来ない。波多野さんはとても凛々《りり》しく、明るいと胸を打たれた。

誰もが年を取る。ならば凛々しく明るく取りたいものである。

（2016年8月21日）

納戸の奥から

「びっくりした。こんなものが出て来たよ」

弟がそう言って差し出したのは、薄汚れた二冊の小冊子である。特に一冊はシミだらけでヨレヨレ。

それを見て私ばかりか母まで驚いた。ヨレヨレの一冊は私の、もう一冊は弟の、今でいう「母子健康手帳」だった。実家の納戸の奥から出てきたという。

私は昭和二十三年生まれである。その間、幾度か転居もあった上、母でさえ知らなかった二冊がよく残っていたものである。

調べてみると、現在の「母子健康手帳」の元となるものは、昭和十七年に厚生省が出した「妊産婦手帳」である。これは妊産婦や乳児の高い死亡率を改善しようと、「母子健康法」に基づいて作られ、妊娠中の経過や出産状況、乳児の発育状況などを記入。保健指導の基礎になるものである。

その後、名を「母子手帳」と変え、昭和四十年から「母子健康手帳」となった。ページ数も昭和十七年に出た当初は全八ページだったが、今や八十ページを超える。

私のそれは表紙に、

「姙産婦手帳　秋田縣」と粗末なザラ紙に縦書きで印刷され、手帳の中には「出生届濟」として「秋田市長兒玉《こだま》政介」の判がある。全十四ページの粗末なものだ。文章はすべて漢字とカタカナで、「取扱ノ注意」として一ページ目に次のようにある。

「此ノ手帳ハ姙娠育兒ニ必要ナ物資ノ配給ヲ受ケル爲ニ必要ナコトガアリマスカラ大切ニ保存シテ下サイ。」

戦後三年、「配給」の時代なのだ。また、私の出生時の「體重《たいじゅう》」は「九百五十匁」（約三千五百六十グラム）とある。まだ尺貫法である。つくづく私は「昔の人」だ。

妊産婦や乳児の高い死亡率を改善するための手帳だというが、健康状態などの欄には何ら書かれておらず配給欄だけがギッシリ。

昭和23年9月　姫ガーゼ
同11月　乳　切符二枚
昭和24年2月　石ケン一ケ
同8月　七月分砂糖

等々である。食べる物も着る物もない時代であり、健康状態よりまずは目先の配給だったのだろう。

そして、「妊産婦ノ心得」の第一条は次の通りだ。

「丈夫ナ子ハ丈夫ナ母カラ生レマス。妊娠《ニンシン》中ノ養生《ヨウジョウ》ニ心ガケテ、立派ナ子ヲ生ミオ國ニツクシマセウ。」

とことん痛めつけられて敗戦を迎えた中、これからお國につくすには立派な子を産むことだという考えに至ったのだろうか。

弟は昭和二十六年生まれだが、私の手帳とはまるで違っている。

「秋田縣　母子手帳」

となり、もはや「妊産婦手帳」ではない。表紙は厚紙になり、ヒナ鳥を育てる母鳥のイラストが描かれ、黒と緑色の二色刷り。文字は表紙も本文もすべて横書き！　カタカナは「レントゲン」など外来語のみで、すべて漢字と平仮名だ。「体重」はキロで書かれている。

表紙をめくると横書きの「出生届出濟證明《しょうめい》」があり、「秋田市長武塙《たけはな》祐吉」の判がある。判はまだ横型を作っていないらしく、縦型のものを横に倒して押しているのが面白い。

そして、「心得」も「オ國」以下はカットされ、「立派な子供が生れるよう妊娠中はふだんより一層健康に注意しませう」に直されている。

わずか三年でこうも変わる。必死に変わろうとしている日本がうかがえる。

今、我が子に母子健康手帳を見せることもいいのではないか。さまざまな時代背景の中にあっても、親がいかに必死に子を産み、育ててきたかがわかる。

そして祖父母や周囲が、子の誕生をどんなに喜んだかなど、恩着せがましくなく話すのは、たとえ成人している子であっても感じ入ると思うのだ。

（２０１６年９月４日）

歩道育ちのメロン

九月九日の秋田魁新報に「歩道でメロン〝収穫〟」という記事が出ていた。秋田市南通のコンビニ「ローソン秋田南通築地店」前にある歩道、そこの植樹帯に突然メロンらしき植物が出て来たという。店員の松田志津子さんが、こぶし大の実をつけていることを発見。メロンは育ち続け、何と直径約十二センチにもなったのである。写真も出ており、オーナーの長谷川浩之さんが手にした実は、歩道育ちとは思えない立派なもの。

市の道路維持課では、「メロンは植えていない」と言ったという。それはそうだ。普通、歩道の植樹帯にメロンは植えない。

ではなぜ、突然メロンが出現したのか。

まず考えられるのは、カラスなど鳥が糞《ふん》を落とし、その中にメロンの種があった。あるいは、家で食べたメロンの種が服についていた人が、それに気づいて払い落としたら、植樹帯に落ちた。

「落ちた種から実がなるか？それも条件の悪い場所で」と言う人は多いだろう。だが、実はなる。断言するのは、実は私も同じ体験をしているのである。横浜の実家の庭に、ある日、見知らぬ茎が二本伸びて来て、葉が開き始めた。雑草だろうと思っていたのだが、庭仕事の好きな父が見て驚きの声をあげた。

「桃だ。二本とも桃だよ」

誰も桃など植えていない。すると高校生だった弟が思い当たったらしい。

「あ…俺だ。前に庭で桃を二個食べた」

行儀の悪いことに、弟は種をプップッと二個、庭に吐き出したという。信じられない話だが、細くて小さな二本の茎はグングン大きくなり、やがて立派な木になった。そして、弟が大学生になる頃には、空一面に広げた枝にピンクの花が満開になったのである。夜に二階の私の部屋から見ると、街灯に照らされて幻想的でさえあった。

さらに驚いたことに、花が終わると青くて固い実をつけ始めた。父は仕事が終わると肥料をやったり世話をしていたが、単に庭仕事が趣味の、シロウトである。その上、住宅地の庭であり、日当たりや水はけも果樹園とは比べものにならない。

なのに、桃の実はピンクがかってきた。今度は父の命令で、一家総出の袋作りである。桃にかぶせる袋を新聞紙で作るのだが、弟は実にうまく逃げる。母は、

「よかったわ、あの子が食べたのは銀座千疋屋のいい桃だったから。あの高級な実がなるわけよね」

と現実的なことばかり言って、袋貼りには全然熱が入らない。

その後、父が木にハシゴをかけて、手が届く限りの実に袋をかぶせた。

こうして、二本の木から実に百個以上の桃が収穫できた。それはそれは甘くて大きくて、まさしく「銀座千疋屋」だった。

ご近所や友人たちにも配り、「実生《みしょう》の桃」としてどれほど驚かれ、喜ばれたか。

歳月と共に、実は少しずつ小さくなり、固くなり、収穫数も減った。だが、五年ほどは花と実で、家族やご近所を楽しませてくれたのである。

生き物というのは、本当に驚くべき力を持っている。どんな状況下でも、生きようとする。普通では考えられない。「歩道のメロン」や「庭の桃」が実を結んだりするのは、何としても生きるという本能だろう。健気《けなげ》でいとおしい。

以前にテレビで、確か女子小学生が、スーパーで買ったウズラの卵を自宅で孵化させ、かわいい雛《ひな》をかえしたニュースを見た。

私たちは植物でも動物でもおいしく料理して食べているが、もともとは生きており、生きようとしていたのだ。そう思うと、食べ物を無駄にできなくなる。

（2018年9月18日）

ほとんど恋

このほど東京地裁は、歌手で俳優の福山雅治さん宅に侵入した女に、懲役一年、執行猶予三年の判決を言い渡した。

犯行当時、女は福山夫妻が住むマンションのコンシェルジュをしていた。これは住民の世話をする仕事であり、合鍵も手にできる。住民の在不在もわかる。女は夫妻の不在を狙って、合鍵でしのびこんだ。

報道によると、女は四十八歳で福山さんの大ファン。彼のギターを見たいという思いが抑えられず、犯行に及んだという。

福山さんはこの犯行より八カ月前に結婚を発表した。その時、全国に「ましゃロス」の嵐が吹き荒れたことを、ご記憶の方も多いだろう。「ましゃ」は彼の愛称だ。ファンはショックのあまり、会社を休んだり、寝こんだりはもとより、彼が所属する芸能事務所の株価が下がったそうで、そのロス心理は社会現象にまでなったのである。

私はこれはテレビドラマとして実に現代的なテーマだなァと思った。

かつてのヨン様に象徴される韓流の大ブーム。女たちは韓国にも通い、目当てのスターを追っかける。出費もいとわない。

他にも野球選手、サッカー選手、ミュージシャン等々に「ほとんど恋」といった感情を持つファンは、今でも少なくない。

こういう有名人を好きになったところで、デートできるわけでもないし、メールや電話が来るわけでもない。手の届かない遠い遠い虹、それを見つめているようなものである。

なのに、心のまん中にその彼がいる。五十代の女性が二十代の俳優を想《おも》ったり、四十代の女性が十代の選手に恋心を抱いたりする。お互いの年齢はまったく関係ないのである。傍《はた》からみたら「いいトシして、バカじゃねえの」とあきれられるだろうが、芸能人やスポーツ選手に「ほとんど恋」の想いを持つ。それは、ごく平和に幸せに暮らしている「いいトシ」の女性が少なくない。

家庭的に特に問題もなく、経済的にも人並みで、夫との関係も悪くない。なのに若いミュージシャンやスポーツ選手に入れ込む。彼のことを考えたり、彼のコンサートや試合を観《み》ている時は、日々の暮らしでは持ち得ない高揚感に包まれ、空想を際限なく広げられる。幸せだ。誰にも邪魔されたくない。まさしく片恋である。

女性たちのこんな心理、行動は、現代だからこそだろう。女性がもっと抑圧されていた時代や男尊女卑の考えが根深かった時代には、ありえない話だ。今、女性たちが自分の思いに正直に動ける時代になってきているということだろうし、それを認める男性たちがふえているということだと思う。

するとある日、名古屋の中部日本放送(CBC)から「CBCテレビ開局六十周年記念」のスペシャルドラマを書いてほしいと依頼があった。四十代女性を主人公にしたものがいいと言う。

私はただちに「平和で幸せな四十代主婦の『ほとんど恋』と、そのロスを書きたい」と伝えた。プロデューサーも監督ものって下さって、斉藤由貴さんと宇梶剛士さんが夫婦役で、面白いドラマに仕上がった。「ハートロス—虹にふれたい女たち」という、そのものズバリのタイトルである。

冒頭の侵入犯だが、これは問題外だ。彼女が四十八歳であっても「ほとんど恋」は理解できる。だが、四十八歳にもなって相手は「虹」なのだと認識できないのは、「バカじゃねえの」としか言いようがない。安っぽくてドラマにもならない。

（2016年10月2日）

書くことの効果

十月六日の読売新聞「人生案内」に、秋田の二十代男性が「自分は中身がない」という悩みを相談していた。

それによると、彼は家庭的に恵まれずに育ち、悩みを打ち明けられる友人もいない。

そして、次のように結んでいる。

「唯一のストレス発散は、思いのたけを書くことです。しかし、何を書いてもうそくさく思えます。中身のない人間だから、何も表現できないのだと悩んでしまいます」

大学教授山田昌弘さんが回答しておられ、書くことを勧めている。嫌なことを書いてもいいが、日常生活の中に楽しいことを見つけて、それを書いてみてはどうかとしている。そして、完璧な人間などおらず、他人もみな欠点を持っていると答えていた。私も「中身がない」と自分で決めて苦しむ必要はまったくないと思うし、私も書くことを勧める。

これはこの相談者だけではなく、今、腹が立っている人や理不尽な人生を送っていると苦しむ人や、人間関係に悩む人など、すべての人たちにお勧めする。

文章など書いたことがないという人も多いだろうが、日記なら自分しか読まない。どんな文章であろうが構わない。また、ブログもある。これは他人の目に触れるが、感じたことや状況を思うがままに綴《つづ》るもので、文章力や構成力を要求されるものではない。

日記やブログを書くだけでも、自分の気持ちはかなり落ち着くはずだ。そして、書くことに少しずつ慣れてくると思う。

そうなったら、思い切って次のステップに踏み出すのがいい。コンクールに応募する文章を書くのだ。本紙の「えんぴつ四季」に投稿することも考えられる。

それは選考委員や不特定多数の目に触れ、ペンネームを使えるものもあるが、記名が中心だ。たとえば、ママ友との交遊関係に悩む母親が、日記なら、

「あのクソババア、早《はや》よ死ね！　笑ってやる」

と感情を叩《たた》きつけられても、コンクールに出すとなると、これでいいかと考えるだろう。この激しい気持ちを別の表現で示せないか。いや、このままの方がいいなどと文章を練る。

また、思いつくままに叩きつけるのではなく、「あのクソババア、早よ死ね！」を第一行目に持ってくる方がインパクトがあって、自分の気持ちがくっきりと伝わるのではないかと、構成に思いが至ったりしてくる。

そのうちにやがて、憎いママ友の側にも、「私につらく当たる理由がないことはないなァ…」と気づいたりするものである。

相談の二十代男性も「中身のない自分」というテーマで、コンクールに出すエッセイなり小説なりを書いてみるといいと思う。

他人の目を意識して書くのは「うそくさい」と言われそうだが、それは違う。他人の目を意識して構成し、書くことは、自分が悩んでいる現状が整理されるということ

である。

私は秋田県が主催する「ふるさと秋田文学賞」で作家の西木正明さん、塩野米松さんと選考委員をつとめており、またノースアジア大学の「ノースアジア大学文学賞」では作家の石川好《よしみ》さんとつとめている。共に小説、エッセイ部門があり、「ふるさと秋田文学賞」は紀行文部門もある。

いずれも全国各地から、年齢も十代から九十代までの応募作が続々と届く。気持ちにかなり整理がついたからこそ、こう書けるのだと思わされるものも多い。

悩める方々は来年の応募をめざしてほしい。その過程できっと、自分はそんなに中身がないわけではないなとか、あのママ友に明日は私から声をかけてみようとか思うような気がする。

（2016年10月16日）

アケビと人工甘味料

秋田に住む知人から、山で採ってきたというアケビの実が届いた。今でこそ大好きなアケビだが、初めて見た時はとまどった。勾玉《まがたま》のような薄紫の実、どこをどうやって食べればいいのか。小さな黒い種は食べていいのか。スプーンですくって食べ、種は吐き出すと知り、一口食べた時のことを思い出す。「こんなに不気味な食べ物、最初に食べた人は偉いなァ」だった。

今年も秋田の山をおいしく味わっていると、エッセイストの平松洋子さんが、『週刊文春』(十一月三日号)に、たまたまアケビのことを書いていらした。やはり、最初はどうやって食べるのかと、眉を寄せたそうだが、初めて口にした味について、

「うっすらと優しい、ひなびた甘さ。輪郭のぼやけた甘みが、ほわほわ〜と広がる寛《ゆる》い感じは、とぼけているような」

と書く。そして今年も食べながら思っている。

「いつもの優しい甘さ、やっぱり、これといって正体がなく、とらえどころがない。それでも、味覚をじゅうぶんに悦《よろこ》ばせる甘みを舌の上に広げていると、ふだん馴染んでいるお菓子が劇薬に思えてくる」

驚いた。実は私も同じことを感じ、料理評論家の山本益博さんの言葉を思い出していたのだ。

一昨年の今頃、ラジオ番組でお会いした時、おっしゃっていた。

全世帯を調査した結果、現代人にとって理想的な食事は「日本の昭和三十年代までのメニュー」とわかったそうだ。つまり「家庭の和食」である。豆、ごま、魚、野菜、茸《きのこ》などを、ご飯や味噌汁と一緒に食べる。

ところが、時代と共に食生活が欧米型になり、日本人はこういう「家庭の和食」を切り捨ててしまった。益博さんは、

「和食は油脂をあまり使わない。フランス料理や中華料理が大量の油脂を使うのに対し、和食のベースは油ではなく、水なんです」

と語り、続けた。

「お椀の出汁《だし》にしても、お浸しにしても、水に包まれています」

本当だ。その通りだ。とはいえ、女性たちも外で働く現代にあって、忙しくていちいち出汁など引いていられない。その上、コンビニやファストフード店は二十四時間あいているところも多く、おいしいレトルト食品が簡単に買える。それらは油脂が多いとわかるし、味つけが濃く刺激的なことにも気づく。だが、大人にも子供にも人気だ。

益博さんは、それについても語っておられる。

「欧米人の食事のベースはバター、クリームなどの油脂で、それらは自分から『おいしいでしょ』と語りかけてくる。和食はそうではない。口にふくんで自分で感じるものです」

「おいしいでしょ」と語りかけてくる味はわかりやすい。感じる力は不要だ。

そして益博さんの次の言葉は忘れられない。

「素材そのものの持つ力こそが人間の栄養になる。それを親が自覚して子供に食べさせないといけません。親が調味料漬けになっているのは恐《こわ》い。子供はマヨネーズやケチャップでコーティングされた味こそがおいしいと調教されることですから」

この「コーティング」という言葉は強烈だった。

平松さんが、「普段馴染んでいるお菓子が劇薬に思えてくる」というのは、まさしくクリームやバターやシロップ、甘味料などでコーティングされていると感じたからだと思う。

私は秋田のアケビを食べながら、この「輪郭のぼやけた甘み」の旨《うま》さを知ると、刺激的な人工の味は何によって作り出されているのかと思い、恐くなった。

（２０１６年11月６日）

思い出を食べる

女友達から電話がきた。

「食べて来たわよォ！　秋田の自販機うどん」

声が興奮している。

「行列ができてたんだけど、もう並んだ甲斐があったわァ。レトロな味で、熱々でおいしいのよォ。秋田の今頃って東京とは比べられないほど寒いのよ」

知ってるよ。私は秋田出身なんだから。

「ホントは撤去されるはずの自販機が、全国の人の声に押されて、土崎の道の駅で復活よ。秋田に土崎っていう田舎があるのよ」

田舎で悪かったね。私が生まれたところだよ。

「土崎にはセリオンタワーっていうのがあって、港からの風が冷たいの何の。土崎って港町なのよ」

だから、知ってるって。

彼女は私の反応などお構いなしに、レトロな味の自販機うどんがいかにおいしかったかを話し続けた。

「知らない人同士がそこらに座ったり、立ったりしてフーフーいって食べるのって、何かよかったわ」

もともとは秋田港近くの食料品店「佐原商店」の店先で、四十年間も働き続けてきたうどん自販機だが、店を畳むため撤去が決定。秋田の人ならみなご存じの通りである。ところが昨年三月、NHKの番組で取り上げられると、全国から人が押し寄せ、復活。2時間待ちとか、月に九千杯以上売れたとか、ネットでも話題だった。

私は電話の女友達に、

「昔、小学校の頃に『私たちの百年後の暮らし』とかって、空想の絵を描かされなかった？」

と聞いてみた。

「描かされた、描かされた。男の子なんて『空中を走る電車』とか描いて。要は今のモノレールよ」

「六十年近くも昔の小学生だもんねえ。月に行くとか五十階建てのビルとか、何も百年たたなくても全部現実になっちゃった」

「ね。あの頃の小学生なんて可愛いものよね。一人一人がスマホを持つことなんて想像もできなかった」

私は東京の小学生で、彼女は瀬戸内である。だが、ピタリと一致したのは女の子たちの非常に多くが「百年後の夢の食べ物」として自販機を描いていたことである。

それもボタンを押すと、錠剤が出てくるのだ。これを一粒食べれば十分に栄養が摂れる。手間いらずの完全食である。昭和三十年代、家庭には電化製品もまだ少なく、祖母や母親が家事労働に追われ、眠る間もなかったことを女の子たちは見ていたのだ。

「食べる楽しみ」などに思いが至る時代ではなく、とにかく祖母や母を、やがては自分を楽にしてくれる「夢の錠剤」がボタンひとつで買える世を空想していた。これも今では近いものとして、「サプリメント」がすでに浸透している。

そんな今、秋田のレトロな自販機うどんが全国的に人気なのは、興味深い。

彼女は言う。

「人間の気持ちって、あるところまで行くと、このまま行っちゃっていいのかなって揺り戻しが来るんだろうね。自販機うどんは発泡スチロールの丼に麺とネギと、かき揚げが入ってて、そこにつゆと熱湯が注がれるの。その素朴さが、何かホッとするのよね」

「全国から人が食べに来るのは、昭和の頃にお母さんが作ってくれたうどんの味とか、中学生の頃に部活帰りにかっこんだ味と重なるのかもね」

「思い出も一緒に食べてるってことか…」

「たぶん。昭和という時代も一緒に食べてたり」

そして、私はふとつけ加えた。

「セリオン近くに、ババヘラっていう昭和の味がするアイス屋が出てるから、次に行ったらデザートはこれで締めて」

彼女はしみじみと言った。

「秋田って面白いね」

蜂蜜生産量が２位!!

（２０１６年11月20日）

私が不整脈などで１カ月余りの入院を経て、退院したばかりの８月、鹿角市の勝田尚さんという方から、小さな包みが届いた。

開けてみると、「アカシア蜂蜜」が出てきた。勝田さんは毛馬内養蜂場を営んでおられるそうで、いつもこの「明日も花まるっ」を読んでいますと、同封の手紙にあった。突然の休載が病気のためだと知り、ご自分で採蜜した蜂蜜を送って下さったのだ。

蜂蜜は薬に勝るとも劣らぬ数々の効能が言われている。

だが、私は特に理由はないのだが、これまで蜂蜜をあまり食べていない。

勝田さんの蜂蜜は可愛いびんに入っており、愛らしいアカシアのラベルも、「国産

100%天然はちみつ」の文字もそそられる。

国産物は高価だが、それだけものがよく、安心安全なのだと常食者たちは言う。外国産の中には水飴レベルのものもあるらしい。

そこで、トーストにトローリとかけてみた。これがおいしい！　いかにも「アカシア」の花を思わせる優しい甘さだ。

私は「秋田って蜂蜜も採れるんだ」とつぶやき、ネットで調べてみてびっくり仰天した。

何と蜂蜜生産量は、全国で秋田が二位である。平成二十五年の農林水産省畜産振興課によると、秋田は年間二一五・八トンで全国総生産の七・六%を担っている。一位が北海道で三九四・四トン、一三・九%。北海道は蜂蜜のイメージと合うが、秋田が生産量二位とは考えもしなかった。

秋田の友人たちは私と同様に、誰もこの事実を知らなかった。

「おや、んだがァ。たいしたもンでねがァ、秋田」

である。まったく、秋田は美人と酒と米ばかりではないことを、地元民がPRすべきでしょうが。「何が、たいしたもンでねがァ」だ。

こうして毎朝、蜂蜜トーストを食べ、カレーや肉じゃがに入れていた私だが、ある日、突然思い出した。

百三歳で亡くなられた飯田深雪さんと対談した時のことだ。飯田さんはアートフラワーの創始者で、料理研究家としても草分けのかたである。

私がお会いしたのは、夏に百一歳を迎えるという春だった。紫色のエレガントなスーツ姿の飯田さんは白い肌が艶《つや》やかで、姿勢が美しく、会話のテンポも内容も四十代や五十代と何ら変わらないのである。どうしたらこんな百一歳になれるのかと秘訣《ひけつ》をうかがうと、そのひとつとして、

「レモンを少し水で薄めて、ハチミツを入れて毎晩飲んでるの。これは血液の循環をよくするんですね」

とおっしゃっていたのである。（対談集『おしゃれに。女』潮出版社）。自分で作り、寝る前に必ず飲むのだという。

それを思い出し、蜂蜜スダチや蜂蜜カボスも早速やってみた。今の時期、お湯で割って寝る前に飲むと、確かに体があたたまり、眠りに入るのが早い気がする。

秋田では県産蜂蜜入りの「秋田美人サイダー」を販売していると、本紙に出ていた。蜂蜜には肌荒れ予防や保湿効果もあるそうで、ぴったりのネーミングだ。飯田さんのきれいな肌が浮かび、納得できる。

水も空気もよく、自然が豊かな秋田である。養蜂業の伸びしろはきっとまだまだ大きいと思う。

私は秋田の友人たちに、

「これからは蜂蜜もサイダーも県産のものを買うのよ。わかった? 私らは買うことでしか力になれないんだからね。いい?」

と、ほとんど養蜂業界の回し者のようなことを言っている。

蜂蜜に限らず、県民が県産物の良さを認識し、県産物を買うことは、ばかにできない力を生むと思う。

（2016年12月4日）

眠れる力を起こせ

県の広報テレビ番組「あきたびじょんプラスプラス」のゲストに招かれ、ホストの佐竹敬久《のりひさ》知事と対談の収録をした。

佐竹知事とは以前からよくお会いしており、番組ディレクターが「十五分にカットするのがもったいない」と嘆くほど話が弾んだのだが、来年に向けてテーマは当然ながら「秋田をどう元気にするか」である。

秋田出身の幕内力士豪風《たけかぜ》は今年、「第五回日刊スポーツ大相撲大賞」で、非常にユニークな賞を受けた。その名も「寄り切らないで賞」である。

今年、豪風は全四十六勝したのだが、決まり手に一度も「寄り切り」がないのである。一度もだ。寄り切りというのは、相手のまわしを取らないとできない。豪風は同紙で平然と語る。

「(自分は)まわしを取る相撲じゃない。下から押して、中に入ってという相撲。まわしを取る相撲は習ってないんですよ」

金足農高で、まわしをとらずに突きや押しに徹するスタイルを叩《たた》きこまれたのだという。それを磨きに磨き、中央大学時代は学生横綱になり、大相撲に入っては関脇まで昇った。敢闘賞二回である。そして三十七歳の今も、幕内在位六十九場所を誇るバリバリの現役だ。かつ、今年は六場所のうち四場所で勝ち越している。あの小さな体でみごとなものである。

豪風の「寄り切らないで賞」は、今後の秋田を考える上でとても示唆に富む。つまり、彼は自分に備わった突きや押しに徹し、研究し、磨き続けた。その途中で、まわしを取るなどの「習ってない」ものを取り入れることはしなかった。

日刊スポーツは、こんな豪風について書いている。

「大相撲で最もみかける決まり手には目もくれない」

力士として豪風の成功はここにあると私は考える。

東日本大震災の後、地域の復興について都市計画の専門家が言っていた。

「新たな何かを他から引っ張ってくるのではなく、昔からあるものを磨け」

その地域の潜在能力を洗い出し、磨きあげる導る方が、よそから新しい何かを導入するよりずっと力を発揮するというのである。

秋田には多くの潜在能力がある。であればこそ、先の見えない他の何かに気を移すのではなく、秋田の得意とするもの、誇れるもの、宝であるものを洗い出し、他には「目もくれない」姿勢に徹してみることも必要ではないか。

知事との対談は、千秋公園の「松下」で行われたのだが、ここはご存じのように旧料亭である。その格式を残し、伝統的な建築技法で復活させたのは秋田の株式会社せん。代表取締役は大曲出身の水野千夏さん。まだ二十七歳の女性である。

彼女は二十五歳の時、「秋田美人」と、かつて文豪谷崎潤一郎も讃《たた》えた「川反の芸者文化」という二つの潜在能力に注目。そしてUターンして起業し、名だたる店々の経営者の協力を得て、「秋田舞妓」を作り出した。現在、舞妓たちはお座敷にも出向くし、松下でお弁当と演舞を楽しむ企画にも出る。こんな新しい形で「会える秋田美人」を創出し、産業化した。

若い女性でも、潜在能力に着目し、周囲の協力を得て進めば、できるという好例である。

むろん、新しいことを取り入れる勇気や精神も大切だが、秋田は全県的に個性や特色が数々あるだけに、そこから始めないと、それこそ「宝の持ち腐れ」になってしまう。

（2016年12月18日）

孫と祖父母の違い

私が選考委員の一人として加わっているエッセーコンテストに、ノースアジア大学文学賞と、月刊誌「パンプキン」のエッセー大賞がある。

この二つは選考日が近いため、応募作を続けて読み、興味深いことに気づいた。孫と祖父母の愛情のあらわし方である。

ノースアジア大主催の賞で、優秀賞をとった一人が石塚美乃里さん（16）。祖父（ジジ）を「宇宙人」と呼び、自分との日々をユーモラスに描いている。一緒に雪寄せをしたり、バイクに乗せてもらったり、孫娘がいかにジジが好きか、よくわかる。一方、宇宙人に手を焼き、「宇宙人取り扱い説明書」が欲しいとぼやく。

そして、いずれ宇宙人と別れる日が来ると覚悟しており、その時は「地球は楽しかった」と言って宇宙に帰ってほしいと願う。

同じく優秀賞の鈴木彩莉さん（17）は祖母が作るごはんには「何か不思議な力がある」

と書く。病気の祖父の世話だけでも大変なのに、祖母は「いつでも食べにおいで」と言ってくれ、しょっちゅう食べに行っていた彩莉さん。

すごいごちそうではないのに、祖母のごはんには気持ちがこもっており、その大切さを学んだという。祖母と孫娘の情愛をとてもよく描いていた。

そして「パンプキン」では遠藤恵美さん（38）が祖父のことを書いている。新卒で化粧品売り場に配属された彼女は、初めて出張を命ぜられた。すると、心配した祖父がついて行くと言い出した。きつく断った孫娘だが、祖父は強引に来てしまった。化粧品売り場には行かないからと固い約束をして、仕事を終えたら二人で夕食をとると決めた。

ところが、心配でたまらない祖父は、孫娘の仕事ぶりを見に、柱の陰などに隠れて、化粧品売り場をのぞく。見つけた孫娘は激怒し、夕食の約束も全部キャンセルしてしまった。

今、すでに祖父は亡くなり、三十八歳になった孫娘は、今なら祖父の気持ちがわかると書き、「あの夜、おじいちゃんは一人で何を食べたんだろう」という一文がいい。「内館牧子賞」をさしあげた。

これらに共通するのは、祖父母への愛情を、ある距離を保って書いていることである。そして、祖父母とのエピソードを通して、その優しさやあたたかさを描いている。ところがだ。祖父母が孫のことを書くと、これがもう愛情の垂れ流し。抑制がまったく効かない。

私はノースアジア大で何度か「エッセー講座」を持ったが、孫のことを書きたいという年配受講生が男女とも非常に多かった。

そこで、講座では「不特定多数が読むことを念頭に、愛情を垂れ流さずに書く」ということを丁寧に話した。だが、あまりの孫可愛《かわい》さ、孫自慢に我を忘れている。エピソードも何もなく、「うちの孫は世界一」の洪水。

私はそれらをすべて読み、こういう人たちは、友人知人との会話も孫の話ばかりなのだろうと、うんざりさせられた。

世間には孫のいない人も少なくないし、他人にしてみれば、よその孫など別に可愛くもあるまい。自慢されても「その程度の子、いっぱいいるわよ」と腹の中で思うものだろう。

そうであるから、エッセーに書くことで冷静に、孫への愛を見つめ、文章に組んで欲しかったのだが、まったくできない。

「愛してるんだからしょうがない」は通用しない。先に挙げた三作品は、十分に祖父母を愛しながらも、ある距離感をもって書く。

今年は書くにせよ、会話にせよ、孫への愛情、自慢を垂れ流すことをやめてみてはどうか。それだけで人の格が上がると思う。


（2017年1月15日）

バレンタインに米を

昨秋、秋田市の穂積志《もとむ》市長と対談した時のことだ。

この対談は「秋田市成長戦略」を実施するために、市長が毎回さまざまな分野のゲストを招くもの。大きく本紙に載るので、ご記憶の方も多いと思う。

私は芸術文化やスポーツなどの分野について、たくさんの話を遠慮なくさせて頂いた。そして帰る時、市長は、

「お土産です。今、『JA新あきた』とこんなことも始めたんですよ」と、白い紙袋を差し出した。中に白い薄べったい箱が入っている。その場で箱を開けた私は、

「何これーッ！　可愛い！」

と思わず叫んでいた。

箱の中には真っ赤な包装紙の新米「ひとめぼれ」と、真っ白な包装紙の新米「あきたこまち」が並んで入っていたのである。いずれも無洗米で、各三〇〇グラムの真空パック。紅白の小さな米包みが並んでいるのは、すごく可愛い。

私はすぐに力説した。

「市長、これはバレンタイン商品として売る手がありますよ。絶対に売れます。みんながチョコレートをあげる中で、このしゃれて可愛い新米をもらえば目立ちます！バレンタイン戦略、考えるべきですよ」

その後、年末に再び秋田に行った私は、まずは二箱買って帰った。東京で天ぷらをごちそうになる約束があり、手土産にと思ったのだ。一箱八百円＋税と値段も可愛いが、絶対に喜ばれる自信があった。

そして当日、招待して下さった男性二人に、

「お土産です。私の故郷秋田のお米」

と言って袋を手渡すと、

「米？　米ですか？」

と不思議がる。首をかしげながら箱を開けるや、案の定、大喜びした。

「イヤァ！　米だよ、米」

「これは女房にも大受けですよ。米かァ」

と、高級天ぷらに対して八百円の手土産で、こんなに喜ばせてしまった。

今、私がちょっと心配しているのは、市もＪＡも本気で売る気があるんだろうなということだ。

秋田は商売っ気がないというか、いろんなアイデアがあるのに利益追求が甘いというか、私など外から見ると「マジに売る気あンのか？」と思うことがよくある。この米も他の商品と一緒にそこらに置きっ放しではあるまいな。現時点では、秋田と東京、福岡の計七店舗でしか買えない。

秋田…「あぐりんなかいち」「ＪＡ新あきた直売センターいぶきの里」「ファーマーズマーケット彩菜館」「あきた県産品プラザ」「秋田空港ターミナルビル」

東京…「あきた美彩館」

福岡…「みちのく夢プラザ」

手に入りにくいものだ。これを生かさない手はない。各店舗では二月十四日のバレンタインデーまでは目立つように並べるべきである。特に観光客相手だ。

「男はチョコよりメシ」とか「八百円でガッチリつかめる男心」とか何とか、気を引く言葉や絵のフリップボードを立てる。そして販売員は、

「全国で七カ所しか売ってないんですよ。バレンタインにありきたりのチョコじゃ目立ちませんし」

とでも、さらりと言ってみる。まずそそられる。

中には「もう私ら、バレンタインなんか関係ないから」と引く中高年もいよう。その時は言えばいい。

「本当はお土産を持って行かなくてもいいのに、手ぶらじゃ行きにくい時ってありますよね。これとてもいいですよ。八百円ですから、何せ」

中高年女性は、八百円に必ず心動く。

これから卒業式、雛祭り、入学式など、紅白の取り合わせは幾らでも使える。

秋田には「マジに売る気」になれば幾らでも売れる物が、他にもあると思う。


（2017年2月5日）

息子の天職

ついに稀勢の里が第七十二代横綱になった。

雲龍型の土俵入り姿は、五月人形のように凛々《りり》しく美しく清廉だ。

稀勢の里が横綱昇進を決めた時、テレビ局が父親にマイクを向け、

「息子さんが横綱になり、どんなお気持ちですか」

と聞いた。

「早く引退して欲しいと思っています」

これは万感迫る一言だ。　横綱を手にしためでたい日であり、最高位に立つ力士として、第一歩を踏み出した日である。そこで「引退」という言葉は、普通出ない。

もちろん、親として嬉《うれ》しさも誇らしさもあろう。とはいえ、ここに至るまでの長くつらい道程を黙々と一人で耐え、努力してきた息子を考えると、嬉しさや誇らしさを上回って、「早いとこ、楽になれよ」という思いがあるのはとても理解できる。

息子の仕事は怪我《けが》と隣り合わせで、土俵に叩《たた》きつけられるし、吹っ飛ばされもする。地位は不安定で、収入も上下する。負ければ叩かれるし、後輩に追い抜かれればみじめなバッシングにさらされる。

大切に育てた息子が身を置く世界を、親としてはつらくて見ていられまい。早く引退して安心させてくれという思いも当然だ。

だが、「力士」という仕事は自分にとって「天職」なのだと稀勢の里はわかっている。私はそう思う。

でなければ、あれほどの試練は乗り越えられない。「横綱に一番近い男」と言われ、「今度こそ優勝」「今度こそ横綱」と世間に期待を持たせるだけ持たせて、ことごとく失敗。その間に照ノ富士、琴奨菊、豪栄道は天皇賜盃《しはい》を抱き、横綱昇進と噂された。苦難の期間は大関として三十一場所、実に約五年余に及ぶ。だが彼は黙々と努力し、目をそらさず、鍛錬し続けてきた。

「自分を生かすには、この仕事しかない。そういう仕事に出合えた以上、絶対に逃げない。やり抜く」

と思っていなければ、番付をどんどん落とし、やめていても不思議はない。

以前に、私は大日本プロレスという団体のトップレスラーである沼澤邪鬼、岡林裕

二、関本大介の三選手と、後楽園ホール近くで食事をした。
この団体は「デスマッチ」といって、有刺鉄線を巻いたバットで殴ったり、電流が流れるリングロープを張ったり、血みどろの試合をやる。レスラーの体はザクザクの傷やケロイドで覆われている。

先の三選手は後楽園ホールで試合をしてから来た。そのため、血のにじんだ包帯を体にも額にも巻き、凄絶《せいぜつ》な闘いをうかがわせた。

そんな三人に言った。

「私に息子がいたら、プロレスラーにはしたくないな。まして、息子がデスマッチなんて絶対にイヤだ」

すると、三人とも「親としてはそうだと思う」と笑い、私に、

「だけど俺、一日中、試合や技のことを考えてます」

「俺も二十四時間、プロレスのことを考えてるなァ」

と言う。私が思わず、

「そんなに体を痛めつけて、そんなに過酷なのに好きなの?デスマッチ」

と聞くと、三人ともが
「はい。天職です」

と口をそろえた。私はその強い目を前にした時、コロリと態度を変えていた。

「うん、私が母親なら天職見つけた息子が嬉しいわ。親として息子がプロレスと出合えてよかったと思うだろうな」

親はどうしても、安定して安全で定収入のある仕事を望む。私とて子供がいたら脚本家にはしたくない。

だが、「天職」と自覚して損得抜きで努力する子供は、親が案ずるよりずっと幸せなのだと思う。


（2017年2月19日）

娘の天職

前回、ここに「息子の天職」という文を書いた。新横綱稀勢の里やプロレスラーたちを例に、本人は今の仕事は「天職」だと自覚しているはずという内容だ。

親としては安定して定収入がある仕事を望むだろうが、不確かな仕事を天職と自覚して努力する息子たちは、親が案ずるより幸せなのだと思うと書いた。

すると、幾人かの読者から手紙をもらった。いずれも、たまたま「娘の天職」についてだった。

その中の一人は「娘が何としても女優になると言う。親から見ても平凡な子で、何が女優か。出産適齢期のうちに結婚してほしいと言うと、『女優は私の天職だから』と、なってもいないのに言う」と書く。

もう一人は「娘が大会社の正社員を辞め、作家をめざすと言う。そんな無謀な夢を追って、結婚も人生も棒に振ったら取り返しがつかない。娘は今、口もきいてくれない」と悩む母親からである。

無謀な夢を追うなと願うのは、息子の親であれ娘の親であれ同じだが、娘に対しては「結婚」「出産」を望む気持ちがどの手紙にも共通。特に、出産はタイムリミットがあるので、親は焦るのだろう。

女優や作家、歌手になりたいという女性たちとは私もよく出会う。だが、なれるか否かとか、才能があるか否かとか、簡単に判断できるものではない。

というのも、「化ける」場合があるからだ。どう見てもなれそうにない人が、大きく羽ばたく(つまり、化ける)ことが現実にある。テレビドラマの現場でも、目の肥えたプロデューサーやディレクターが、

「彼女、こんなに大化けするとは思わなかったな」

とつぶやくのを何度か聞いている。

隠れていた才能が表出した場合もあろうし、地道な努力がいいタイミングをつかむこともある。時代が要求するものが、自分とうまく重なる場合もある。

「化ける」には、運やツキも大きいと私は思うが、予測のつかない化け方をする人は、男女に限らずいるのは確かだ。その確率は低くてもだ。

そのため、タイムリミットを気にする親をよそに、娘が「私は賭けに出る。ここまで思うのは、それが私の天職だから」と言えば、止めるのは難しい。

あるボクシングジムの会長が言っていた。プロボクサー志望者に簡単な動きをさせたり、ミットを打たせたりすると、プロは無理だという子がだいたいわかるそうだ。だが、本人は何としてもプロになりたい。

その会長は語っていた。

「二年間だけ、思い切りやってみろと言っています。二年間、できる限りの努力を

して、試合で不様《ぶざま》な負け方をしようがめげず、ボクシングのことだけ考えて生きてみろと言う」

この二年間で化ける子も出てくれれば、自分の限界に気づいてスッキリとやめる子もいるそうだ。

「本人が気づかない場合は、私から伝えます。『別の道を行け。先の人生の方が長いんだ』とね」

泣きながらも納得し、感謝して新しい道を行くそうだ。ジムとはいい関係が続き、遊びに来るという。

何としても夢を追いたい娘には、言ってみたらどうだろう。

「二年間だけ、思いっきりやってみれば？　お父さんもお母さんも応援するし、二年間は死ぬほどの努力をしなさいよ。それでダメならスパッと新しい道に切りかえなさい。先の人生の方が長いんだから」

この時、結婚だの出産だのは口にしないことだ。そのことは本人が一番わかっている。時間を区切ることは、娘本人にも救いではないかと思う。

（2017年3月5日）

休場明けですよ

大相撲春場所の初日、NHK実況の解説席に元横綱北の富士さんが復帰した。北の富士さんは心臓病の手術と入院で、初場所は休んでいたのである。実況アナウンサーが聞いた。

「体調はいかがですか」

すると北の富士さん、苦笑気味に答えた。

「イヤァ、まァ、休場明けみたいなものですよ」

うまい！何とサラリと粋な答えだろう。さすが北の富士である。

「休場明け」とは、休場していた力士が復帰した場所のことを指す。その言葉には「まだ本調子ではないが」とか「元通りとはいかないが」というニュアンスがある。「でもここまで元気になった」と伝えていると考えていい。

力士は「あっちが痛いのこっちが悪いのと言うな」と教育されており、それを言うのは野暮だし、何よりみっともないのである。

だが、私たちはこの逆の野暮、逆のみっともなさに出合うことがある。

逆、つまり痛いの悪いのと言うのではなく、「もうすっかり元気ですよ」「病気前より健康！」と力いっぱいにアピールする野暮、みっともなさである。

これは特に政治家に目立つ。また、会社や組織などで上の地位にいる人に見られることが多い。

「もう元気元気！入院はいい休養になりましたよ。ハッキリ言って、病気前より体力がつきましてね」

「ゴルフも酒も今まで通りです。後遺症どころか、血糖値もコレステロールもほとんど20代並みだと医師が驚いちゃってねえ！」

というような類いである。私はこういう答えを聞くたびに、「みっともない。かえって逆効果なのに」と思う。

むろん、気持ちはわかる。病気は政治家や企業人にとっては、命取りになることがあるからだ。

彼らが病気をして空白期間を作ると、本当に完治して復帰しても、周囲に不安を与えたり、見る目を変えられたりすることがある。

「あの人に任せるのは不安だ。健康面に問題がある」

「いつ再発するかわからない以上、このポストは無理。適任者は幾らでもいる」

などと広がれば、たちどころにライバルに光が当たる。本人は二度と表舞台に立てないことさえある。だから、政治家や組織人は健康不安を隠したり、また、知られても、

「みんなオーバーなんですよ。入院の後半なんて毎日、病室で仕事してたんですから。ウワッハハ」

と、過剰に力を込めてしまうのだろう。

だが、これは周囲に「焦っちゃって。笑える」と足元をみられる。さらに「実はよくないらしいよ。だからあんなに元気、元気って叫んでさ」と噂が広がる。

他人の病状は、周囲にとって非常に興味のある話題で、とかく実際より重病にしたがる。

私が心臓病で入院していた時、友人知人や仕事関係者から、なぜかよだれ掛けが次々と届くのである。可愛い花柄にレースがついているものや、「ガンバレ牧子」とアップリケしてあるものなど何枚も届く。私には必要がなく、なぜだろうといぶかしく思っていた。

やがて、わかった。私の病状がどんどん重くされ、「実は心臓ではなく脳の病気で

話せないし動けない。流動食をスプーンで食べさせてもらい、よだれ掛けが何枚もいるんだって。再起不能らしいよ」と伝わっていたのだった。

病後に元気をアピールしすぎると、足元を見られたり、かえって重い噂を流されて面白がられうる。病後は笑って、「休場明けですよ」と言うに限る。この言葉は、噂スズメには面白みがないからだ。

（2017年3月19日）

半端な高齢者

その日、私は六本木のテレビ朝日近くを歩いていた。このあたりは、都内屈指の桜の名所である。私の事務所からも近く、大好きなお花見ロードだ。

霞がかかった春空と満開の桜を見上げながら、ゆったりと歩いていたその時、私は派手に転倒した。

上を見ていたため、道路の段差に気づかなかったのだと思う。右こめかみと右足が、舗装された坂道に叩《たた》きつけられ、起き上がれない。近くにいた人たちがかけ寄って来て、二人がかりで助け起こしてくれた。そして、

「救急車を呼びましょう」

と言われたが、

「事務所が近いので、まず迎えに来てもらいます」

と答え、深々と頭を下げてお礼を言った。頭を下げるとこめかみがさらに痛く、右足は地面につけられず、浮かせているしかない。

事務所から走ってきた秘書の児玉は、すぐにタクシーを止めた。そして私を乗せるなり、主治医のいる聖路加国際病院に急がせた。

足よりも頭が心配だったのだが、MRIやCT検査の結果、現時点では異常なし。先々に異常が出てくる場合もあるというが、とりあえず一安心だった。

一安心できないのは右足だった。足は幾つかの短骨《たんこつ》で形成されているが、その中の中足骨《ちゅうそくこつ》が複数本折れ、加えて基節骨《きせっこつ》なる骨が一本折れていた。

手術するか、あるいはしないで治すか。それを医師と話し合いながら、ちょっとし

た転倒がこんなにも大ごとになったことに驚いていた。

私は手術しない治療をお願いしたが、これはギプスで固定し、治るまで長い時間がかかる。その間、不自由な暮らしを余儀なくされ、キャンセルしなければならない仕事も出てくるが、致し方ない。ただ、足以外はまったく今まで通りなので、打ち合わせなどは自宅でやれば外出も必要ない。

こうして車椅子をレンタルし、足をギプスで固め、今はひたすら家にいる。机に向かっているのが足にとって最も安静であるため、原稿ばかり書いている。

今回の転倒で、身にしみたことをお伝えしたい。

まず骨密度が正常だからと、安心しないこと。

私も骨密度は合格点をもらっていた。なのに、転び方によっては骨はバキバキ折れるのだ。

そして転倒はいつやって来るかわからないこと。

これは誰もが十分に承知している。私だって承知していた。だが、それは頭でわかっているだけである。本当に、転倒は突然だ。まったく無防備なところにやって来るため、アッと思った瞬間には、地面なり床なりに叩きつけられている。

打ちどころや転んだ場所が悪いと、後遺症が残ったり、命に関わる場合もある。

そして、何よりもよくわかったのだが、転倒しがちなのは「半端な高齢者」ということ。

それは五十代、六十代である。周囲はとかく、転倒は後期高齢者以上にうるさく注意する。それを受け、彼らは「転倒したら寝たきりになる」などと自分に言い聞かせもするのだろう。常に歩行に注意を払う。段差もよく見ているし、杖《つえ》を使ったり、シルバーカーを押したりして、転倒を防いでいる。

だが、若くはないが老人でもない五十代、六十代は、転倒など自分の問題ではないと思っている。二十代とは比べようがなくても、三十代や四十代とは大差ない動きができると、これは本心から思っている。そのため、注意も散漫なことが多い。

私が上空の桜を眺めて、足元の段差につまづいたのは、その典型だ。

五十代、六十代は「半端な高齢者」であることをしっかり自覚せよと、私の折れた骨が言っている。

（2017年4月16日）

速効性のサプリ

ある日、男友達の一人から電話が来た。

「プライベートで秋田に一人旅するんだよ。おいしく食べて飲める店、教えて」

彼は一人旅を好む男を「淋《さび》しいヤツ」と笑っていたのに、一度やってみたら生き返ったのだと言う。

「一人旅ほど心身に効くサプリはないね。それも速効性だよ」

とウキウキしている。

実はこのところ、私の周囲に「男の一人旅」が人気である。それを妻子や恋人には言うが、同行はさせない。

ちょっと数えただけでも「ひとり十和田」、「ひとり道後」、「ひとり熱海」、「ひとり函館」など軽く十人は超える。

ついには「ひとりハワイ」という、神をも畏《おそ》れぬ旅をした仕事仲間も出た。さすがにみんな呆《あき》れ、「いくら何でも、ハワイは男一人で行くとこじゃないだろう」と笑ったのだが、笑った一人はスコッチが趣味で「ひとりスコットランド」を決行。「旅は一人に限るね」と満足気に帰国した。

すると、四月十三日の秋田魁新報に「男性一人旅　人気の宿　温泉ゆぽぽ（仙北市）五位」という記事があった。

旅行ネット販売の楽天トラベル（東京）が、「男性の一人旅に人気のレジャー宿ランキング」として全国の宿を対象に調査したものだ。

温泉ゆぽぽはリゾート施設「あきた芸術村」の敷地内にあり、私も友人を連れたりして幾度も行っている。ゴージャスなリゾートホテル風ではないが、広々とした温泉に加え、名料理長と言われた大島昭一さん譲りの料理が絶品。ふんだんに秋田の食材を使い、それを秋田の酒と合わせれば至福の一刻。一人旅の男たちにはたまらないだろう。レストランでは田沢湖ビールも飲めるし、わらび座でミュージカルを観《み》たり、田沢湖畔を一人で散策したり、日常とはかけ離れたことが安らがせる。

私の周囲の男たちは、

「一人旅は好きなように動けて、誰にも気兼ねしなくていいから極楽だよ」

「女房子供は大事だけど、家族旅行は疲れ果てるよ。サービスばかりだし、しないと可哀想だからがんばるし。一人で好きなように旅したいってあるよ」

などと言う。

これらは、そっくり女たちにも共通した思いだろう。現代の女たちの多くは何らかの仕事をし、妻であり、母であり、時には介護人でもある。そんな中でたまるストレスに、たった一泊でも一人旅は、すぐに効くサプリかもしれない。

そんなことを思っている時、「ジパング倶楽部」(交通新聞社)五月号で「はじめよう　ひとり旅」という特集を組んでいることに気づいた。

自分の体験を語る作家の椎名誠さんは「ときどき、誰にも会わず何もしない日というものに憧れる」として、その期待に応えてくれるのが一人旅だと語っている。また、俳優の石丸謙二郎さんは「一日中口を利《き》かずにもいられます」として、返事も相槌《あいづち》も不要な心地よさを語っている。そしてイラストレーターの鈴木さちこさんは、「帰る場所があるから、一人旅は楽しい」と語る。

温泉ゆぽぽのネット予約を担当する山口貴史さんは「一人で利用した男性客がリピーターとなって、恋人や家族を連れて来てもらえるよう」に努力すると言うのが嬉《うれ》しい。

その一方で、もしかしたら、男でも女でも、一人旅で安らぐ場所は恋人にも家族にも秘密にしたい人もいるだろう。その秘密の砦《とりで》で過ごした後、生き返って帰るべきところに帰る。そして家族にも仕事にも存分に向き合えるとしたなら、秘密の一人旅も速効性のサプリだ。

（2017年5月7日）

人はみなボウフラ

五月十一日の秋田魁新報「きょうの言葉」に、昭和を代表する大スター森繁久弥さんの都々逸《どどいつ》風の詞が出ていた。

「ボウフラが　人を刺すよな蚊になるまでは　泥水飲み飲み浮き沈み」

遠い日の、ある出来事が甦《よみがえ》った。一九九四年の秋頃だったと思う。

やはり昭和を代表する大スター勝新太郎さんが、ある夜、突然、色紙を書いて下さった。そこには「ボウフラが」の詞が書かれ、

「覚えておきな、いい言葉だろ。森繁さんだよ」

と微笑んだ。

私は「勝新太郎」という俳優に、ほとんど関心がなかった。「座頭市」も「兵隊やくざ」も、苦手なジャンルだ。当時、私が脚本を書いていた「トレンディドラマ」と呼ばれるものとは対極にあると言っていいだろう。

ところが、一九九四年、新聞の広告を見て息が止まった。そのくらい、強烈だった。それは舞台「不知火検校《しらぬいけんぎょう》」の小さな小さな広告で、白塗りで坊主頭の勝さんが呵々《かか》大笑《たいしょう》している横顔の写真が出ていた。小さな小さな広告の中の、小さな小さな写真である。だが、その笑いには、悪徳の限りを尽くした不知火検校という坊主の狡さから怖さまでが全部出ていると思った。

何というすごい俳優なのか、「勝新太郎」は。何としてもこの舞台は観《み》なければいけない。私はすぐにチケットを買った。

「勝新太郎」の舞台はすさまじかった。私と同様に、終了後に椅子から立てずにいる客が幾人もいた。同年六月のことである。

以来、私は勝さんの過去の映画作品を片っ端からレンタルビデオで観た。「座頭市」も「兵隊やくざ」もだ。そして名優と言われる人の底知れぬ力に、ぼう然とした。

それからわずか一カ月後のことである。『週刊ポスト』から「勝新太郎さんと対談を」と依頼された。私が「不知火検校」に感動したことなど何も知らない『週刊ポスト』なのに、なんというチャンスだ！

この時、勝さんは執行猶予四年の最中にあった。マリファナとコカインの不法所持で、ハワイのホノルル空港で現行犯逮捕されていたのである。

対談はもう破天荒で、それはそれは面白かった。立ち上がって座頭市を演じ、小唄や都々逸を唄《うた》い、危ない話もポンポンと出る。

これをきっかけに、勝さんは私と週刊ポストの担当者に「飲もうよ」と電話を下さるようになった。

ある晩、薄暗いバーの片隅で私に、

「いい物をやる。これを飲むと元気になるんだ」

と囁《ささや》いた。手渡されたものは、白い粉薬だった。え…まさかコカイン？マリファナ？頭の中が真っ白になっていると「人目につくから早く飲みな」と耳元で言う。私が青くなって突っ返そうとすると、

「心配するな。病院でもらったビタミン剤だ。最近こうやって遊んでるんだ」

と声をあげて笑った。

いつでも絶対に「勝新ブランド」のイメージを壊さない言動を崩さないのに、「こ

うやって遊んでるんだ」と言った時、一瞬だが私は淋《さび》しい目に気づいた。稀代《きだい》の名優が、演ずることもままならない四年間。身から出たサビとはいえ「白い粉ごっこ」で気を紛らわすのは、何と淋しく苦しい日々だっただろう。

この夜、バーの片隅で突然書いたサインが、あの都々逸風の詞だった。

「人は誰だってボウフラだ。泥水飲んで右往左往してな。長いその時間をどう生きるかで、一人前の蚊になるヤツと一生ボウフラで終わるヤツが出てくるんだ。覚えときな。な」

きっと、自分にも言いきかせていたのではないか。

（2017年5月21日）

台所に秋田が来た

秋田の友人知人たちが、私の全治六カ月という右足の骨折を知り、次々と見舞いに山菜を送ってくれた。どれも採りたてだ。

東京ではお目にかかれないほど立派なタラの芽、新鮮なシドケ、ウルイ、ミズ、ウドなど、うちの台所に一気に秋田がやってきた。

私はすぐに料理上手な友達に電話をかけた。

「天ぷらにしたいんだけど、私、足が悪くて」

友達は、

「天ぷらは足で揚げるものじゃないわよッ」

と毒づきながらも、別の友達まで引き連れて飛んできた。みんな秋田直送の山菜が食べたいのである。

その後、五月中旬に仁賀保高原の土田牧場から「サシボ」が届いた。本荘由利地区の方々にはおなじみの、イタドリの若芽である。

これは「絶対にない」と断言できるほど、東京では売っていない。秋田市出身の友人たちでさえ、知らない人が少なくない。それほど鳥海山山麓地域のみの山菜と言えるのだろう。

土田牧場の場長夫人である陽子さんからの手紙がついていた。

「今年もサシボが採れる季節になりました。鳥海山が美しい春夏秋冬を告げてくれ、そんな地に暮らす幸せを感じております」

十年ほど前までは、まったくご縁のない土田牧場であったが、ほとんど宣伝していないのに、おいしいと評判のチーズやハム類、牛乳などを取り寄せてみた。

これがおいしい！　ジャージー牛を放牧飼育しているだけあり、濃厚な味わいは病みつきになる。

ある時、編集者たちにふるまうと、ノリのいい彼らは「牧場まで買いに行こう。秋田はうまいものばかりだなァ」と言う。

実は彼らは鹿角の北限の桃にもハマり、毎年、木を買っている。そこで、レンタカーで桃狩りに向かい、その後で土田牧場に買い物に行こうとなった。ロングドライブである。

夜は「フォレスタ鳥海」に泊まったが、とてもいいホテルだった。秋田由利牛などの食事もおいしい上、温泉もよく、それに窓から見える鳥海山の美しさ！　本当に息を飲むほど優美で、編集者たちも「いい山だなア」とぼう然としていた。

土田牧場は家族連れで賑《にぎ》わっており、悠然と草を食《は》むジャージー牛や人なつこい動物たちに、大人も子供もはしゃぐことはしゃぐこと。そのせいでお腹がすくのか、場内の焼き肉レストランは大人気である。

ここでも鳥海山を見ながら、ふと思い出した。以前に取材で津軽に行った時、小学一、二年生かという男児が岩木山を示し、胸を張ったのだ。

「『山』っていう漢字はお岩木から来てるんだよ。富士山よりすごいんだよ」

なるほど、岩木山は真ん中が高く、「山」の字だ。そばにいた父親は苦笑しながら私たちを見て、子供に

「そうだ。お岩木は神さんがいる山だからな」

と、そう言った。

子供の頃から「お岩木」と敬称をつけさせ、いずれわかるまでは「山」という字の由来だと思わせておく。反対意見もあろうが、こんな風に郷土愛を育てる津軽に、私は心打たれたものである。

秋田魁新報の五月二十二日の「北斗星」に、他地域ではほとんど流通しないサシボが「売り方次第ではブランドの柱になるかもしれない」とあった。まったく同感だ。鳥海山麓の山菜や乳製品やホテルだけでなく、もっと全国に知らしめたい宝が、秋田全県にあるのではないか。

「北斗星」には「山菜ビジネス推進協議会」という官民一体の組織を立ち上げたとあった。頼もしい具体的行動と共に、子供たちの郷土愛を育みたいと思う。

（2017年6月4日）

都会のカラス

少しさかのぼるが、一月十八日、都内のホテルで作曲家船村徹の「文化勲章受章を祝う会」があった。

北島三郎、杉良太郎をはじめスター歌手や、また秋田出身の菅義偉官房長官などの大物政治家も多く出席し、それは賑やかなお祝いの会だった。

その時、船村につきっきりで、だが目立たぬように見守っている青年がいた。秋田市出身の歌手、村木弾である。

船村はこのパーティから一カ月もたたぬ二月十六日に永眠した。パーティでも体調はきっとよくなかったであろうが、そんな様子は一切見せず、終了時には来客一人一人と言葉をかわし、握手をし、送り出していた。

その時も、村木は少し離れたところから、船村を見守っていた。私が、

「村木君、疲れたでしょ」

と声をかけると、

「そんなことありません。本日はご出席下さってありがとうございました」

と頭を下げた。お辞儀の仕方から立ち居ふるまいまで、船村の内弟子として徹底的に鍛えられているのがよくわかる。

内弟子とは、師の家で寝食を共にしながら、身の回りの一切の世話をし、運転手兼付き人として、仕事場にも同行する。それをやりながら、歌手デビューをめざして歌を習う。

やはり船村の内弟子であった鳥羽一郎は、以前に私に語っていたことがある。

「船村先生が教えるのは歌い方じゃなくて、詩や曲にこめられた心とか、人間の情感とかですね。内弟子時代はつらいことが多かったけど、全部自分の血や肉になってますよ」

船村は春日八郎の「別れの一本杉」から美空ひばりの「みだれ髪」、鳥羽一郎の「兄弟船」など、日本人の心の歌を次々に世に送り出してきた。であればこそ、歌謡界初の文化勲章受章という偉業を成したのだ。

村木はその師の内弟子を十二年半にわたって勤め上げた。今は時代に合わないとしてほとんど姿を消した内弟子制度であるだけに、苦労も多かっただろう。だが大作曲家にピタリとついていた日々は、鳥羽の言うように全部、血や肉になってくれるに違いない。

私は村木のデビュー曲「ござる～GOZARU」のCDを買っている。その声は艶と伸びと一抹《いちまつ》の寂しさがあり、とてもいい。

そしてこの四月、第二弾として「都会のカラス」を出した。聴きながら、彼は間違いなく、故郷秋田を想って歌っていると思った。

夢を求めて都会に出てきたが、その日々は楽ではなく、自分は迷子になった都会のカラスのようだという詩だ。故郷が心にしみて目がうるむし、親父やお袋がなつかしい。だけど、俺は必ず夢を果たして故郷に凱旋《がいせん》するからねと歌っている。作詩は舟木一夫で、船村の遺作になった。

日本人の心を歌に託し続けた不世出の作曲家船村徹は、最後の曲を最後の内弟子に遺したのである。

昔と違い、今は流行歌や演歌が爆発的に売れる時代ではない。私は長いこと日本レコード大賞の制定委員をやっているので、各ジャンルの多くの楽曲を聴く。

そして気づくのは、いい仕事をすれば、必ず誰かが目を止めてくれるということだ。

それはどんな職種にも当てはまることではないか。

かつて、大相撲が不人気で、どん底をのたうっていた時、北の湖理事長はブレることなく、断言していた。

「たくさん稽古をして、いい相撲を取れば、必ず客は戻ってきます」

「内弟子」という稽古に耐えた村木が、いい仕事をして秋田出身の紅白歌手になる日を、私は信じている。

〈文中敬称略〉

（2017年6月18日）

私、米長門下です

今から十年ほど前のことである。突然、「そうだ、将棋を習おう」と思った。

その日は、ちょうど東京都教育委員会の定例委員会がある。私は当時、教育委員で、日本将棋連盟会長の米長邦雄永世棋聖も委員だった。そこで委員会終了後、すぐにお願いした。

「私、駒の並べ方も全然知らないんですけど、将棋をやりたいので米長門下に入れてください」

そばで聞いていた委員たちは仰天した。

「内館さん、それは相撲を取ったこともない五十代が、北の湖理事長に『入門させて下さい』と言うようなものだよ」

ところが、米長委員は即決である。

「よし、いいよ。僕の門下に中村太地四段（当時）というイケメンがいる。彼について教わりなさい。ただし、条件がある」

「条件…」

「『将棋世界』という月刊誌に『内館牧子の上達日記』という連載をやること」

私は了解し、大胆にも米長邦雄の孫弟子になってしまったのである。

だが、将棋に関する私の無知ぶりは半端でない。「桂馬《けいま》」をケイバと読むし、「香車《きょうしゃ》」をカシャと読むレベル。さらに、自宅での練習用に駒を買ったところ、駒のひとつが変なのだ。すぐに米長師匠に訴えた。

「私が買った駒、ミスプリントなんです。取りかえて頂いていいですよね」

「ミスプリントって、駒に書かれた字が違うの？」

「はい。ひとつは『王将』で正しいのですが、もうひとつはタマなんです」

「タマ？」

「はい。『玉将《たま》』となってます。ひどいでしょう」

米長師匠は引きつけを起こさんばかりに笑い、

「それはね、タマじゃなくてギョク。ミスプリントじゃないの。玉将（ギョクショウ）といって王将と同じ。詳しくは中村に習いなさい。ヒイ〜」

と息もできずにいる。そして励まされた。

「あなたのように何も知らない人が、頭脳ゲームの将棋を、それも五十歳過ぎてから始めるというのはいいねえ。『上達日記』はみんなに力を与えるよ」

今、中学生棋士藤井聡太四段の快進撃により、将棋人口が一気にふえているという。特に子供の将棋教室はどこも大盛況らしい。

私は二〇一五年七月、子供将棋関連の会で、八郎潟町を訪れている。将棋連盟理事の島朗九段と、私の師匠の中村太地六段、女流の室谷由紀・現二段である。

あの時も腕白そうな、イキのいい、八郎潟の子供たちが、盤をはさんで夢中になっていた。町の将棋教室に通っているのだろう。トップ棋士に対しても一歩も引かないというツラ構えがいい。コンピューターによるゲームとは別の、異質な難しさが彼らの心をとらえているに違いない。

あんな子供たちが、今、全国的に増えていると思うと、ワクワクする。将棋に限らず、世界にはコンピューターとは別の、すさまじい力が存在するということを、子供たちはきっと理解するだろう。それを知ることは、人としてとても豊かになれる。

私は自分の体験から、大人たちにもぜひ将棋を勧めたい。正直なところ、それは「ボケ防止」の域を超える難しさだ。私はまったく素質がなく、悪戦苦闘したが、だからこそ少し指せるようになると、さらに強くなろうとのめりこむ。

すると、日常の瑣末《さまつ》なことがどうでもよくなる。笑い飛ばせる。許せる。これは破格の難しさに挑んだことがもたらしたものだ。

今、日常のことでクヨクヨ悩んでいる人は、私と同様に「タマ」のレベルからでも始めてみてはどうか。きっと目の前が開ける。

（2017年7月2日）

セリオンという樹木

「週刊新潮」（五月四日、十一日合併号）に、次の歌が出ていた。

「〈セリオン〉が窓からくっきり見える冬　きれぎれの夏　木立を挟みて」

これは歌人の国分良子さんが、『ぴいかんの空』（本阿弥書店）に発表した歌である。

歌人の俵万智さんが解説している。

「(ポートタワーセリオンを) 木立越しに見ることのできる窓。季節の変化が、木立の葉の繁り具合とタワーの見え具合によって感じられるというところが面白い。冬は葉を落としているのでくっきりと。夏は繁っているのできれぎれに。」

木立が季節によって変化していくように、セリオンも変化する。俵さんは、

「なんだか、セリオン自身が樹木のようにも見えてくる」

と書く。このとらえ方には泣けた。

私は母の実家があった土崎の旭町で生まれたが、その後、祖父母は転居した。それが現在のセリオンのすぐ近くで、私が小学生の頃である。親戚の者たちはみな「浜の家《いえ》」と呼んで、夜ごと集まっては飲み会が開かれていた。

あの「浜の家」はもうないが、あれば二階からこの歌のままが見えただろう。国分さんにはもう一首、セリオンの歌があり、俵さんが紹介している。

「秋田港のランドマークタワー〈セリオン〉は 高層ビルなき町の端に立つ」この二首をあわせ読むと、よくわかる。セリオンが木立と一緒に季節を過ごしていく優しさ。美しさ。それは高層ビル群の町なかに立つタワーには、なかなか持ち得ないものだろう。東京タワーも東京スカイツリーも、神戸ポートタワーも京都タワーも、おそらく、「そのタワー自身が樹木のよう」ではあるまい。

とはいえ、私は初めてセリオンを見た時は、深い深い絶望感に襲われた。これが本当に秋田港に必要なのだろうか。周辺の景観や、また、港町と港っ子の持つ独特な雰囲気をぶち壊しはしないか。

私はあの時、パリのルーブル美術館を思ったものだ。それは王朝時代の歴史的建造物であり、荘厳な佇《たたず》まいはあたりを圧している。フランスの至宝だ。

ところが、その内庭に「ピラミッド」が建てられた。高さ十九メートル、底辺の一辺が三十二メートルという巨大なものである。さらに、ステンレス製のパイプとケーブルの骨組が、全面総ガラスの壁面からすべて見える。「超現代的」な建造物といえよう。パリっ子は「美観を壊した」「ルーブルを何と心得ているか」と激怒。世界を巻き込む大論争になった。

土崎に住む私の友人は、

「ルーブルとセリオンと同列に考えるなだが」

とあきれたが、スケールは違っても、その土地の雰囲気と合うか否かという根っこは同じだ。

ところが今、フランス人の友人たちに聞くと、

「否定論者もいるけど、あの斬新なデザインは、宮殿の威厳と妙によく合う。半端

に保守的なデザインならルーブルを殺したね」

私も土崎に行くたびに、セリオンに違和感を持たなくなっていた。あのタワーはまっすぐな強さを示しながらも、どこか温かさを感じさせる。それは港町や港っ子気質に重なるのかもしれない。もし、保守的なだけの、迎合を匂わせるデザインであったなら、秋田港を殺しただろう。

七月二十日、二十一日は「土崎港曳山《ひきやま》まつり」がある。ユネスコの世界遺産に登録された港の祭りに、土崎の人たちは言う。

「戻りやまと一緒に夏が終わるなだ。明日から秋だ」

自身が樹木になったセリオンも、そう思っているに違いない。

（2017年7月16日）

この幸せは誰から?

暑い暑い真夏の八月十五日、また終戦記念日が来る。

秋田魁新報の七月十三日の「声の十字路」に、胸がふさがる投稿が載っていた。思わず切り抜いたのだが、秋田市の山田實さんの文章である。

山田さんは現在九十六歳。終戦は兵士として戦った太平洋の孤島で迎えたという。そして復員後、下士官養成機関で同期だった友人の死を知る。その友人は、マニラに隣接するモンテンルパの刑務所に収容され、処刑されていた。

戦争中、秋田県出身者を中心に構成された歩兵第十七連隊があり、多くはフィリピンの山岳地帯で戦死。生き残った日本兵の多くが、そのモンテンルパの刑務所に収容されたそうだ。彼らはフィリピン住民の前に並べられ、「首実検」される。住民が「金品を奪ったのはこの男だ」などと言うと、処刑される。調べることもなく、無実であってもだ。住民の中には面白半分やら腹いせやらで無実の日本兵を指さすこともあったのではないだろうか。

山田さんのその友人は、指さされた。彼は「秋田おばこ節」を朗々と歌いながら、処刑台の階段をゆっくり上って行ったという。おそらく、まだ二十代の若さだっただろう。山田さんは書いている。

「せめて自分の大好きな生まれ故郷の民謡を歌ってから死にたかったのではないだろうか。そう思うと、息もできなくなるほど切なくなった」。

私は自分が病気をしたり、怪我をしたりすると、いつでも必ず思う。平和で清潔で、進んだ医療技術で、薬品も十分にある現代日本だからこそ、十分な治療を受けられるのだと。「安静に」と言われれば、完全看護の中でゆっくりと眠ってもいられる。

そして同時に思うのが、戦地に赴いた兵士たちはどれほど苦しかっただろうということなのである。前出の十七連隊は「歩兵」だという。おそらく、フィリピンの熱暑の中を、銃をかついで歩き続けたのだろう。それも、険しい山岳地帯を、戦いながらである。

ろくなものも食べず、ゆっくりも眠れない上、傷を負った者も大勢いただろうし、歩けないほど体調の悪い者も多かったに違いない。だが、手当てや治療を施す状況ではあるまい。

映画などでは、そういう苦しみにのたうつ兵士を、上官が「ふぬけ野郎ッ」と頰を張ったり、踏みつけたり蹴ったりというシーンが出てくる。傷病者はそれに近い仕打ちを受けていたに違いない。

そのままそこに置きざりにされ、死んだ者もどれほどいたことかと思う。おそらく二十代の彼らは、薄れゆく意識の中で母親の顔と故郷の風景を幻に見て、死んで行ったと思えてならないのである。

今、現代日本で自分が病気や怪我をしてみると、彼らはどんなに苦しかったかと身にしみる。

先日、「宮柊二『山西省』論」（佐藤通雅、柊書房）を読んでいて、歌人・宮柊二の強烈な戦争詠を知った。昭和十七年に作られた歌だ。

「泥濘に小休止するわが一隊すでに生きものの感じにあらず」

泥道で小休止する一隊はもはや生き物のようには見えないというのだ。きっとやせ細った体は泥や血にまみれ、その顔は疲労や苦しみが極限で、人間どころか生き物とは思えない。それでもまた歩く。また戦う。

平和で安心な現代日本はこの人たちの献身の上に作られた。八月十五日、一日だけでもそれを思いたい。

山田さんは「秋田おばこ節」を聴くと、今でも処刑された友人を思い出すという。「私にとって戦争はまだ終わっていない」と結んでいる。

（2017年8月6日）

口紅の日の丸

ロンドンの世界陸上の五十キロメートル競歩、その中継は一分たりともテレビの前を離れられなかった。

日本から三選手が代表として送りこまれ、その三選手が二位、三位、五位と上位を独占。実況アナや解説者は興奮気味に、

「競歩はもう日本のお家芸となりましたッ」

と叫んでいたが、そう思った人は多いだろう。

三位の銅メダルを手にした小林快選手は大館出身で秋田工高OBだという。秋田県民にとって、どれほど誇らしいことか。

こういう世界的な競技大会やオリンピックでは、入賞した選手たちは国旗を肩から掛け、観客たちに手を振りながら挨拶《あいさつ》する。

競歩の三選手が並んで日の丸をまとう姿は、圧巻としか言いようがなかった。三人の背中に真っ赤な丸が来て、鮮やかで力強く何とも美しい。

私が武蔵野美大の学生だった時、デザイン演習だったかの授業で、教授が、

「日本の国旗、あれは比類なきデザインです。シンプルで、余分なものが一切ないのに、燃える力がある。最高の意匠です」

と話したことを、今もよく覚えている。三選手の背中はまさにそうだった。

一九九三(平成五)年、私はNHK朝の連続テレビ小説『ひらり』を書き終えた四月から、二か月足らずだがパリで一人暮らしをした。一年間まったく休みがなかったため、休暇である。

その時、パリマラソンが行われ、日本人選手も出ると聞いた。私はスタート地点のシャンゼリゼ大通りに駆けつけたのだが、時間を間違えてしまい、すでにスタートした後だった。

せっかくだからゴールを見ようと思い、今度は早めに着いて待っていた。ゴールは凱旋門とブローニュの森を結ぶフォッシュ大通りで、緑が美しい。早くも沿道は観衆でギッシリだ。

やがて、中継用の大きなヤグラの上で、実況アナが絶叫し始めた。フランス語なので、私にはまったく意味がわからないが、各国の男子選手が次々とゴールしていく。アナも観衆も興奮して大騒ぎである。

日本人選手はまったく見えないし、帰ろうかなと思った時、アナが叫んだ。

「ヨシダ！ミツヨ！ヨシダ、ジャポネ」

えっ？　日本人女子選手がトップで来ているのか？フランス語がわからなくても、「ヨシダ、ジャポネ」くらいは聞きとれる。

その時、私のすぐ隣に日本人夫婦と小さな男の子がいることに気づいた。夫婦は日本語で、

「吉田光代だ！」

と大声をあげ、母親は男の子に白いハンカチを渡した。そして、バッグから口紅を取り出した。男の子は父親の背中に真っ白なハンカチを広げ、真っ赤な口紅で日の丸を描いた。口紅一本を全部使い切り、それは燃えるように大きな、みごとな日の丸だっ

た。

「ヨシダ！ヨシダ！ジャポネ！ヨシダ！」

と、アナの声がさらに熱をおびる中、男の子は父親に肩車され、「口紅の日の丸」を両手で振り、大きな声をあげている。フランス語だった。

夫婦は日本語で、子供はフランス語で叫び、口紅の日の丸が翻る中、吉田光代選手はトップでゴールした。いいシーンだった。

あの時、私はまた教授の言葉を思い出していた。ハンカチと口紅一本で幼児にも描ける比類なきデザイン。間違いなく「最高の意匠」だろう。

日の丸には悪しき思いを持つ人も少なくはあるまい。これほどの国旗に、そういう思いを持たせることは二度としてはならない。

三選手の日の丸がそう語っているようだった。

（2017年8月20日）

一本の電話を

ある時、女友達が電話をかけて来た。

「母の様子がどんどんおかしくなってるのよ。病院では軽い認知症だと言われて、薬を何種類も飲んでるの。でも、一日中ボーッとして全然しゃべらない」

「それって、認知症が進んだということ？」

「八十代後半だし、たぶんね。でも、姉も私も何か釈然としなくて、病院をかえてみようと思うの。誰かいい先生、知らない？」

そう言われても、私にはまったく心当たりがない。だいたい認知症とは何科で診る病気なのかさえわからない。正直にそう言い、彼女と話を続けている時、ふと思い出し、言った。

「心療内科でいいのかわからないけど、それなら、評判の先生を知ってるわよ」

「行ってみる。ずっと総合内科にかかってたけど、とにかく早く行ってみる」

私が前もって医師に電話をかけると承諾し、

「今、飲んでいる薬を知りたいので、『お薬手帳』を持ってくるよう伝えて」

と言われた。

後日、彼女は嫌がる母親を強引にその医師のところへ連れて行った。

何回目の診察かわからないが、医師は言ったそうだ。

「認知症ではなく、高齢者うつでしょう。今まで処方されていた薬は認知症のものですから、飲み続けるうちに様子がおかしくなった可能性はありえます」

そして、認知症薬から抗うつ薬に変えていったそうである。

私は紹介したことさえ忘れていた頃、彼女から突然、食材の詰め合わせが届いた。手紙が入っている。

「本当に本当にありがとう。母は見違えるように元気になり、信じられません。今では大好きなエレクトーンの先生にも来てもらってるほどです」

何と嬉《うれ》しいことかと、私も信じられなかった。

そして、このお盆休みのことである。私が古新聞、古雑誌を整理していると、『週刊文春』(六月二十二日号)が出てきた。その中に、「高齢者うつ」と「認知症」の特集があるではないか。二つは全然違う病気なのに、間違われやすいそうだ。

そして、脳神経外科医が

「両者は治療法が全く異なるので誤診されると、症状がより悪化してしまう」

と解説していた。認知症薬を飲んでいた患者が、実は高齢者うつで、副作用としてボーッとして会話ができない状態になったことも紹介されている。女友達の母親とまるで同じであり、ゾッとした。というのも、早く誤診に気づいて治療しないと、本当の認知症に移行する確率が高いそうだ。これも彼女のケースと同じだが、高齢者うつの患者の約6割は、まず内科へ行くという。「最初から精神科を受診する人は僅《わず》かで、一割にも満たない」と書いている。

今、この高齢者うつが非常にふえているそうで、妄想から腹痛、頭痛、胃痛、注意力低下、自殺願望、焦燥感など数々の症状があるという。

専門医は「高齢者が、いくつもの身体症状を過剰に訴えている時は、その背後にうつ病の存在を疑うべきだ」と、家族の注意を促す。

女友達の話や、また記事によると、高齢者うつの発症を予防するには、高齢者に「心理的孤独」を感じさせないことが大切という。

女友達の場合、母親は長女と二人で暮らしていた。だが、長女、次女ともに仕事が忙しく、母親は食事をはじめとして、ほとんど一人だったという。

記事には「昼休みに子供が一本電話を入れるだけで違う。心理的に繋《つな》がっている安心感を与えられる」とあった。私自身を含め、子供としてこの程度ならできるのではないか。

（２０１７年9月3日）

切り捨てたもの

少し前になるが、八月二十二日の秋田魁新報の「古里の子ども描き２０年」という見出しに目がとまった。

五城目出身の大石清美さんは、昭和三十年代の子供の暮らしを絵に残し続けており、五城目町の広報紙に毎月、「ごじょうめのわらしだ」を連載。それが単行本になった記念に、八郎潟町で原画展が開かれているという記事だった。

私が大石さんの絵を最初に見たのは、女優の浅利香津代さんが送ってくれたカレンダーである。描かれている子供たちは、陽気で豪快な秋田県人気質を早くも全開にしたようなツラ構え。そして、お爺《じい》さん、お婆《ばあ》さんから赤ん坊までが、ふんだんに出てくるのだが、陰気な人が一人もいない。犬や猫までが揚々《ようよう》と生きている。

それからしばらくたった時、私は秋田の書店でたまたま『あきたのわらしだ』という一冊を見つけた。今も手もとにあるが、ページを繰るたびに、昭和三十年代はこんな暮らしをしていたっけなァ、祖父母や親戚の者たちは、こんな秋田弁を使っていたっけなァと思い出す。たとえば

「祖母《ババ》が炊き上がったまんま（飯）を釜からおはぢさ移し替えてる最中だったので『ババ〜こんびやぎみし（おコゲ握り飯）こしゃでけれ』と言ったら…」

等々で、秋田の方言は本当に歌うようにきれいだ。

私がもうひとつ大好きなのが、秋田魁新報に村上保さんが連載中の「ふる里の風景」。やはり昭和三十年代らしき暮らしが、切り絵と文章で構成されている。抑制がきいたコラムに、当時の人々の純真さがにじむ。私は好きなあまり、魁の文化部に「単行本になっているか」と問い合わせたほどだ。

お二人の作品に共通しているのは、単なる懐古趣味でないことである。

昭和三十年代を生きた人にとって、懐かしいことは確かだが、両作品は何よりも、私たちが「切り捨てたもの」を考えさせる。

最近、私はある新聞のインタビューで、

「二〇二〇年の東京五輪に向かい、日本や日本人は何を考えたらいいと思うか」

と質問された。その時、

「過去に切り捨ててしまったもので、残しておくべきだったなと思うものを、復活、復元させること」

と答えている。

その顕著な例が、東京駅だろう。これは切り捨てたわけではないが、戦火で焼失してしまった。辰野金吾が大正三（一九一四）年に設計し、美しいドーム屋根を持つ重厚なレンガ造りだったという。しかし、戦後は完全修復は叶わず、八角形屋根の駅舎になった。

ところが二〇一三年、ドーム屋根を持つ百年前の姿に戻した。これが都民ばかりか全国の人に、どれほど喜ばれたか。私は関係者と多く会ったが、

「見た人はみな、優しい気持になるとおっしゃる」

と言っていた。

それまでの東京駅は耐震の問題や老朽化など諸問題があったという。ならば全部を壊して、超高層ビルを新築する考えもあっただろう。

しかし、あの一等地に低層の駅舎を戻そうとした。よく実現させたと思う。すごい速さで時代が動き、文明が進み、それと共に人心が変わる。その途上で、私たちは時代に合わないものは切り捨ててきた。それは伸長していく上で必然だった。だが、今、「あれは戻すべきだ」と気づくものがあるのではないか。そうならば、その方向で動くことを考えたい。

大石さんと村上さんの絵を見ていると、人の気持にせよ町づくりにせよ、大人や子供のあり方にせよ、また働き方や方言にせよ、復活すべきものはする時に来ていると感じる。

（2017年9月17日）

両親に十両土俵入りを

九月の大相撲秋場所で、美郷町出身の庄司向志さんが、七戦全勝でみごとに序ノ口優勝を飾った。秋場所の序ノ口は全部で五十六人。そのトップに立ったのだ。

庄司さんは県内屈指の進学校である県立横手高校から、国立の埼玉大学工学部に進学した。秀才でなければ進めないコースである。

当然ながら、ふさわしい企業に入社しようと考えていた。だが、全国学生相撲選手権などで好成績をおさめ、「上の世界で勝負したい」と思ったことを、秋田魁新報（八月二十九日）が伝えている。

そして角界入りを決意。難関大学を中退し、今年六月には元横綱武蔵丸が率いる武蔵川部屋に入門した。

両親は「自分の人生だから」と背中を押したそうだが、「あの厳しい世界でやっていけるだろうか」と、裏では胸も張りさけそうだったのではないか。

角界は稽古も規律も礼儀も厳しいが、一般人が聞いて驚くのは「格差」だ。たとえばこの冬、どんなに寒かろうが大雪が降ろうが、庄司さんはコートを着ることもマフラーを巻くことも、足袋をはくことも許されない。角界というところは、地位つまり番付によってすべてに格差がつけられている。番付が上になるほど多くのことが許される。下の者がそれを破ることはできない。

番付は上から順に、横綱、大関、関脇、小結、前頭、十両（正式には十枚目という）、幕下、三段目、序二段、序ノ口となっている。

入門したばかりの庄司さんは、一番下の序ノ口。今回の優勝により、来場所は下から二番目の序二段に上がったとしても、序ノ口と同じに真冬でもウールの着ものだけであり、素足に下駄と決められている。

序二段の上の三段目になると、下駄ではなくエナメルの雪駄が許される。だが、足袋はだめ。さらにその上の幕下になって初めて、コートや手袋、マフラー、そして黒足袋が認められる。

これらを「差別」だの「人権無視」だのと言う人もいるはずである。そんな人権派は、次の言葉が今も角界に伝わっていると聞けば、怒りに震えるだろう。

「番付が一段違えば虫ケラ同然、一枚違えば家来の如《ごと》し」

番付表は五段に分けて書かれており、最上段に横綱以下幕内力士の名。下の段に行くほど地位が低い。一段違えば「虫ケラ」みたいなものだというのである。そしてたとえば前頭五枚目から見れば、六枚目は「家来」に等しいというわけだ。

庄司さんは前出の本紙記事で、「まずは十両」を目指すと語っている。力士の多くは「力士人生で十両昇進が一番嬉しかった」と言うが、十両から待遇が一変する。格差が激減する。

十両になると、「関取」と呼ぶことを許され、大銀杏《おおいちょう》という髷《まげ》が結える。それまではチョン髷しか結ってはならない。化粧廻《まわ》しで土俵入りも許され、二、三人の付け人もつく。彼らは風呂で体を流すことから洗濯、走り使いまで細かく世話をしてくれる。そして、十両になって初めて給料が出る。月一〇三万六千円。年に二回は給料一カ月分のボーナスもだ。

こんな中で、「くやしかったら強くなれ」が角界の掟《おきて》。多くの格差がみじめでくやしかったら、懸命に稽古して研究して、強くなればいいとする。実にシンプルな勝負の世界である。

庄司さんは腹をくくり、今は十両昇進だけを人生の目標にしてほしい。恵まれた体と動じない心に、武蔵川親方も「いいものを持っている」と期待している。

十両になったら、背中を押してくれた両親を招き、土俵入りを披露できる。その日を夢見て、稽古に励んでね。

（2017年10月1日）

行け、行け、アキタ。

犬と猫のどちらが好きかと言われると、私はもう断然「猫派」である。だが、秋田犬だけは別。あの澄んだ瞳だけを取っても、秋田犬は神が異界から遣わしたものと思わされる。と言っても、実は私は本物の秋田犬を見たことがない。

九月二十八日、秋田で仕事があった私は、秋田キャッスルホテルのロビーにいた。すると壁に「行け、行け、アキタ。」のポスターが何枚も貼ってあった。

これは県の観光プロモーションの一環で、秋田犬のアキタが県内の名所を案内するポスター。私は昨年初めて見て、何といい写真ばかりかと感嘆したものだ。賢そうなアキタが、なまはげ軍団の中心におさまっていたり、男鹿の巨大なゴジラ岩に引けを取ることなく吠《ほ》えていたり、西馬音内《にしもない》盆踊りの美人たちに訓示を垂れているような一枚もある。きりたんぽ鍋を前に、まったりと横になっている姿や、夕暮れの小坂鉄道で誰かを待っている姿など、ネットで火がついたのは当然だ。それを受けた県はポスターを増刷し、さらに人気が高まっているという。

仕事関係者と、ロビーでそんな話をしていると、彼が言った。

「秋田に住んでいても秋田犬はそう見られないですよ。室内ペットの小型洋犬のようには飼えないし」

その言葉に納得しながら、帰京のために秋田駅の新幹線改札口に向かった。すると何と！　秋田犬がいたのだ。本物の、ナマの秋田犬である!!

誰かを出迎えに来たのか改札口の前にキチンとお座りしている。もう可愛《かわい》いの何の、賢そうなの何の、初めて見た秋田犬は写真を遥《はる》かに越えた佇《たたず》まいで、私は興奮を通り越して呆然《ぼうぜん》。

何かの撮影なのだろうか。三脚を立てたカメラマンやスタッフもいる。

やがて、通行人がどんどん集まって来て、歓声をあげてスマホを向ける。誰もが喜々として、その姿を撮るのだから、秋田にいてもなかなか見られない証拠のようだった。

私は帰宅後、ノンフィクション作家の吉永みち子さんに電話をかけた。彼女は大変な「犬派」であるが、秋田犬のナマは見たことがないだろう。これは自慢できる。すると、

「私、初めて飼った犬が秋田犬よ。今まで何匹も犬を飼ったけど、あの秋田犬の右に出る子はいない」

と言って、しんみりするのだから驚いた。彼女は、一世を風靡《ふうび》した競馬の故吉永正人騎手の妻として茨城に住んでいた時、

「野良の秋田犬が、突然、毎日、庭に来るようになったのよ」

と言う。めったにお目にかかれない秋田犬が、野良化することなんかあるのだろうか？

「誰かに飼われていて、迷い犬になったらしいの。主《あるじ》は現れないし、うちで飼ったんだけど、秋田犬のすごさ、よくわかったよ」

秋田犬をほめられると、猫派の私でも嬉《うれ》しくなる。

「うちの高齢の母の膝に乗ってお守《も》りするの。犬嫌いの母が溺愛してね。私の小さい息子を背に乗せて遊んでくれたり」

晩年は歩くこともできず、好きな散歩も不可能になった。吉永さんは言った。

「だから、私が毎朝おんぶして出たの。三十キロもある秋田犬を背負って歩くから近所でも評判だったわ」

死期が迫り、腹水に苦しんでも、決して暴れず、静かに受け入れていた。その姿に獣医はほめたという。

「さすが秋田犬だなァ」

吉永さんは私に何度も、

「秋田犬、いいよね…」

と繰り返した。

誰もがそう言う秋田犬だ。あの「行け、行け、アキタ。」の写真を十枚くらい厳選し、絵ハガキにして販売してはどうか。ポスターより使用機会が多いし、お土産にもいいと思う。

岩合光昭さんの猫の絵ハガキが大人気なように、「アキタと秋田」は絶対に人気が出る。

（2017年10月15日）

ケセン語の石川啄木

私は地方都市に行くと、必ずその土地の新聞を読むのだが、地元のニュースが細やかに載っていて、刺激を受けることも多い。

十月十二日に盛岡で買った「盛岡タイムス」が資料の間から出てきた。読まないうちに紛れ込んでしまったらしい。そこに面白い記事を見つけた。

石川啄木の歌を、「ケセン語」に翻訳して一冊の本にしたというのである。「ケセン語」とは岩手県の陸前高田市、大船渡市など気仙地域の言葉だが、あのナイーブで切ない啄木の歌を、方言に訳すとどうなるのか。見当もつかない。

『啄木のうた』(未来社)というそれは、詩人で埼玉大准教授の新井高子さんが編著者だが、「東北おんば訳」である。「おんば」とは「中高年女性」のことらしい。そのおんばが延べ八十人以上集まり、侃々諤々《かんかんがくがく》とケセン語に訳したという。その数は実に百首。

私はこの記事を見つけたばかりで、本はまだ読んでいない。だが、記事だけでも東北の言葉のおおらかさ、明るさ、逞《たくま》しさが伝わってくるから痛快である。たとえば、啄木の代表作のひとつとも言える「東海の小島の磯の白砂に　われ泣きぬれて蟹とたはむる」をケセン語にすると、

「東海《ひんがす》の小島《こずま》の磯《えそ》の砂《すか》っぱで　おらぁ泣ぎざぐって蟹《がに》ど戯れっこしたぁ」

となる。いい！すごくいい。何よりも「アンタ、何、泣いてンの？」と笑っちゃうではないか。泣きぬれている本人が何だか恥ずかしくなりそうだ。

また「かなしきは　かの白玉のごとくなる腕に残せし　キスの痕かな」という切ない恋の歌は、おんばの手にかかると一変する。

「せづねぇのァ　あの白い玉みだいな腕《けァな》さ残した　チュウの痕だべ」

これも絶品。「チュウの痕だべ」と言われると、「ハイ、ま、そんなもんですかね。たいした話じゃないっすね」と、悲恋も別れも笑い飛ばせそうな気になる。

記事の中で興味深かったのは、編集協力にあたった大船渡市の詩人、中村祥子さんの談話である。

「啄木も東北人なので、歌を詠むときは地元の言葉で考えてから標準語に直しているはず。それを『元の言葉』に戻すことで、改めて浮かび上がってくるものがあると

新井さんも感心しておられた」

　私も初めて気づかされたが、確かにそうだ。これまでも、海外に留学したり住んだりして、その国の言葉を自由に話せるようになった人が、ものを考える時の言葉は母国語だという話はよく聞いた。啄木も盛岡地方の言葉で考え、感じ、歌にし、それを標準語に「翻訳」していたことは考えられる。

　啄木の歌の中で、私が一番好きなのは「やまひある獣のごとき我が心　ふるさとのこと聞けばおとなし」である。

　これを秋田の言葉に訳してもらおうと、土崎の友人に電話をかけた。土崎弁だと次のようになるらしい。

「だじゃぐな獣《けだもの》みでだおらの心《こごろ》　生まいだどごの話っこ聞けば　気持だば　んっと落ぢづぐ」

　ケセン語とはまた違い、ほのぼのとした温かみが漂う。特に、「気持だば　んっと落ぢづぐ」という訳は秀逸だ。普段は荒れて「病を持つ獣のような心」を持つ人間だが、故郷のことを聞くと安らぐ。その様子は「おとなし」よりしみるし、愛《いと》おしさを覚える。

　方言はその土地の人の心を守護するとさえ思う。

　日常生活の中で、落ち込んだり、解決策が見つからない事態に遭ったりした時、秋田弁で整理して考えてみることは、いいかもしれない。少なくとも、「気持だばんっと落ぢづぐ」のではないか。

（2017年11月5日）

秋田の酒を再発見

先日、盛岡市の松田宰《つかさ》さんから宅配便が届いた。

彼は海外のワインコンクールでも優勝しているソムリエで、ワインセミナーの講師を務める一方、同市に「アッカトーネ」というワインバーを開いている。私の小説「終わった人」では、この店が舞台のひとつになっている。

宅配便を開けると、ワインと手紙が入っていた。

「牧子さんご出身の秋田にて素晴らしいワインに出会いました。由利本荘市の天鷺ワイナリーのプラムワインです」

彼は以前に、二千二百本のワインを試飲し、ベスト十を選んだそうだ。その中に天鷺プラムワインの「高城」が入り、宅配されたのは、これだった。

私は以前にワイン学校に通っていたのだが、ワインはその土地と深く関わり、土地を語る酒である。

松田さんは手紙に書く。

「鳥海山は天然の貯水庫。豊富な水を蓄えた土壌で造られたプラムワインは、大らかな水の気配がします。

プラム特有の甘酸っぱいテイストはミネラルと共に瞑想《めいそう》的な余韻を運びます」

初めて飲んだ私だが、なぜか懐かしい味。瑞々《みずみず》しいプラムがほのかに香り、アルコール度数八度の優美なワインだ。

醸造元の株式会社岩城には市が出資しており、今から四十年前の昭和五十二年にプラムの生産を始めたという。鳥海山の裾野に広がる美しく強い大地は、プラムの栽培に最適だったのだろう。それはそれはいい果実が採れ、いいワインになったわけである。

飲みながら、ふと思い出した。世界のトップに立つソムリエの田崎真也さんと、四年間ほど国内のワイナリーを訪ね、リポートを連載していた時のことだ。

全国各地のワイナリーを回ったのだが、どこに行っても必ず出会ったのが、「ブドウ以外はワインじゃない」とする人たちだった。それは飲食店関係者から一般のワインファンまで多岐に亘《わた》っていた。実においしい青森のりんごワイン「シードル」も大変だったと思う。

が、田崎さんはそんな人たちに、フランス仕込みの柔らかい物腰と言葉で、「その土地の個性と風土を表現した果実酒はすべてワインであり、いいものは評価し、愛して当然です」

ということを伝えていた。「世界の田崎真也」の佇《たたず》まいを今も思い出す。

もしかしたら、秋田にも「プラムの酒なんて」と最初から歯牙にもかけない人がいるかもしれない。しかし、ワイン評論家の第一人者田中克幸さんは、秋田の風土を語る秀逸なプラムワインに断言したと聞く。

「凡百のブドウ以上に本物のワインです」

十月二十九日の秋田魁新報には、「輝きウーマン」として、横手市の矢野智美さんが大きく紹介されていた。彼女は東京から移住し、「秋田ことづくり」という会社を起こした。そして県産の新鮮な果物とそれに合う酒のマリアージュ（組み合わせ）を、月替わりで宅配するサービスを展開。

たとえば、七月なら「ブルーベリーとスパークリング日本酒」、十月には横手の「シャインマスカットと」湯沢の木村酒造の「純米吟醸酒　福小町」という具合だ。今、首都圏を中心にファンを増やしているそうだ。木村酒造の佐藤時習《じしゅう》製造部長は、その発想に驚いている。

「地元では考え付かない。秋田のおいしいものを再発見してくれた」

また、十月二十八日の秋田魁新報は、湯沢の秋田県醗酵工業の梅酒「梅の実しずく」が、全国梅酒品評会のブランデーブレンド梅酒部門で金賞を受賞したと報じた。

年末年始は矢野さんの発想にならってはどうか。プラムワインや梅酒を、ハタハタやいぶりがっこ、きりたんぽ鍋など秋田のおいしいものとマリアージュするのだ。秋田県民が、秋田という風土の持つ力を再発見するに違いない。

（2017年11月19日）

助け合う覚悟

先日、「看護の将来ビジョン」（公益社団法人日本看護協会刊）という資料を読んでいて、思わずうなった。看護職の人々の仕事がどんどん広くなって、どんどん重くなっているのだ。

かつては、医師と共に病気や怪我《けが》を「治癒」させることが中心だった。だが、これからの健康問題は「治す医療」や「最低限度の生活を保障する福祉」だけでは対応できないそうだ。

何しろ二〇二五年には、約八百万人とされる団塊の世代が一気に七十五歳以上になるのである。これは国民の四人に一人が後期高齢者ということだ。日本が世界でも例のない「超高齢多死社会」に突入するまで、あと七年余りしかない。

私自身が団塊の世代でありながら、この「超高齢多死社会」にはどうも実感がわかなかった。だが、看護職が治す支援だけでは立ちゆかないということを知ると、いやでも現実がわかる。

資料では看護職の六つの職務をあげていた。
（1）健やかに生まれ育つことへの支援
（2）健康に暮らすことへの支援
（3）緊急・重症な状態から回復することへの支援
（4）住み慣れた地域に戻ることへの支援
（5）疾病・障がいとともに暮らすことへの支援
（6）穏やかに死を迎えることへの支援
いずれも少子高齢化かつ多死社会であればこそ、看護職が担わなければならなくなった職務だろう。

子供の減少が止まらない今、（1）の妊娠・出産・育児が順調に経過するためには、助産師は目を離せない。私の知人で年配女性は言う。

「昔は多産だったから、放ったらかされてたよね。今なら死なずにすんだ子がたくさんいたわ…」
（2）の健康に暮らすことは、かつては自己責任だったと思う。だが今は新型感染症が出たり、昔はなかった事故が起きたりもする。疾病予防や重症化予防を実践するのは、保健師などの大切な仕事になった。

（3）では、入院すると今は看護師が二十四時間三百六十五日、ずっと見守ってくれる。私も実体験したが、これがどれほど患者に力を与え、安らがせることか。

（4）は、理学療法士のリハビリ指導、栄養士の栄養指導、薬剤師の服薬指導などである。地域へ戻ってからも支援は続く。

また、高齢者が増えれば増えるほど、病気や障がいを抱える人が多くなるのは当然だ。加齢と共に体全体が経年劣化してくる。目も内臓も骨も関節も、若い時とはまるで違う。加えて四人に一人が後期高齢者となれば、認知症が増加することも明らかである。

（5）については、そういう患者と家族が地域で安心して、尊厳を持って暮らしていけるよう、看護職が中心になって支援体制を整えると資料にはある。

これは、かつての「治す医療」だけの時代には考えられない職務だ。だが、家族にとっては本当に有難《ありがた》い。

そして人生の終わりが来る。（6）の穏やかに死を迎える支援にも看護職は大きな役割を持つ。

資料によると、「相手と共に存在すること」が看護の本質とされている。「人生最終段階における医療」は、その看護の本質が発揮される場面だという。最近は延命治療の是非なども患者、家族の問題として大きい。看護職はその意思決定についても寄り添い、支援するのである。

看護職の職務がここまで広がっていると知ると、可能なことは自分でしようとか、可能な限り他人を支援しようとか身が締まる。

「超高齢多死社会」に生まれあわせた以上、必要なのは「助け合う覚悟」なのだと思わされている。

（2017年12月3日）

若い者には負けよう

このところ、雑誌や新聞からインタビュー依頼がとても多い。私が書いた小説「終わった人」―の映画が来年公開されるためらしい。

この小説はエリート銀行員だった主人公が定年を迎え、「俺はまだ終わってなんかいない。もっと仕事したい」とあがく話だ。

「毎日が大型連休」の身になり、家にいてもやることがない。ジムに行ったりカルチャースクールに入ったりするが満たされない。口を開けば現役時代の思い出と愚痴である。妻はうんざりして近寄らない。

定年や世代交代は万人が通る道だということで、「その時が来ても、あがかないように五十代から準備しよう」とか、「年を取っても働ける」とか、そういう企画物のインタビューが大半である。

定年というのは、社会における第一幕が終わったことだ。まだ体力も能力もあるし、豊かな経験もある。まだまだ十二分に働けるのに、社会は年齢が来れば「お疲れさま」と終わらせる。そのため、定年者は「若い者には負けない」と言いたがるし、実際そう言う人にも会う。

だが、現実には若い人には負ける。六十五歳と三十五歳を比べてみれば一目瞭然だ。体力、気力、行動力、持久力、瞬発力、企画力、記憶力、理解力等々は、加齢と共に目に見えて劣化する。

むろん、職人の熟練技をはじめ、若い人が太刀打ちできない職種や、個人の持つ能力というものはある。ずっと第一線で活躍し続けている高齢者も多い。だが、それらは特別な例であり、万人に当てはめられるものではないように思う。

だいたい「若い者には負けない」と言うこと自体が「終わった人」のセリフだと、周囲は心の中で失笑しているはずだ。

特別な例を除き、定年になって社会から「第一幕の出番は終わりました」と宣告されたなら、もう自分の時代ではないのだと自覚することが大切だ。小説の取材をしながらそう感じた。

こう書くと、必ず「内館さんは定年のない仕事をしているから、そんなことが言える」と怒る人があろう。

脚本家でもミュージシャンでもデザイナーでも、定年はなくても仕事の依頼がなくなる。それは「あなたの出番は終わりました」と宣告されるに等しい。サラリーマンの定年と違い、三十代や四十代でも「終わった人」になりうるのである。

サラリーマンであろうがフリーランサーであろうが、その時が来たら「世代交代だな」と自覚し、「若い者には負ける」と納得することだ。劣化していく高齢者が、ピチピチの若い人に負けないとあがくことが、高齢者自身の首をしめている。

私は決して高齢者差別をしているのではない。いつの世でも、社会は若い人が取って代わる。動かす。すべての人間は、その循環の中にある。思えば、今や「終わった人」たちも、かつては上の世代に取って代わって世に出て、第一線へと進んだはずだ。刺激的でいい時代があったのだから、もう潮時なのである。

私は小説の中に、

「思い出と戦っても勝てないんだよ」

というセリフを書いた。

実はこれ、友人のプロレスラー武藤敬司さんが言った言葉だ。力道山の後、次世代はG・馬場、A・猪木と、大輪の花の如《ごと》きプロレスラーが活躍した。武藤さんはその後の世代として死闘を繰り広げたが、前の世代があまりにもビッグで、客はその思い出に浸る。何とか前の世代を忘れさせる戦いをしなければと武藤世代は悩む。だが簡単ではない。その苦しみの中で到達したと言う。

「思い出と戦っても勝てない。自分の個性を生かした戦いで、客に必要とされる存在になろう」

これは第一幕が終わった人間にも当てはまる。現役時代は華やかで生き生きしていただろう。やることが多く、体に力がみなぎる日々だったと思う。しかし、そんな思い出と戦ってどうする。今の自分にふさわしい生き方を求めるべきではないか。それは「若い者には負ける」と、腹をくくったところからスタートするように思う。

（２０１７年12月17日）

不思議なぐいのみ

仕事始めの夜、女友達が会社の帰りに立ち寄った。たまたまきりたんぽと冷凍の比内地鶏、それに三関のセリがあったので、すぐに鍋にした。

彼女は大の日本酒党なので、まずはぐいのみを出す。何気なくそれを見るなり、叫んだ。

「何これ！　このぐいのみ面白いじゃない」

　これは昨年十二月十九日の秋田魁新報でも紹介されていたが、秋田市中通の食器店「食器のさかいだ」のオリジナルで、ガラス製。ぐいのみの底に、きれいな色をふんだんに使った絵が描いてある。そして川連《かわつら》漆器の技を生かし、金を混ぜた漆で固めている。蒔絵《まきえ》である。

　私はこれを、土崎の「ホテル大和《だいわ》」の佐渡谷寿美子さんから昨夏に頂いた。添えられた手紙には、

「土崎港曳山《ひきやま》まつりが、ユネスコ無形文化遺産に登録された記念に作りました。おひとつどうぞ」

と書かれていた。佐渡谷さんとは古いおつきあいで、私の祖父が「曳山まつり男」であったことを、思い出して下さったのだろう。

　ぐいのみは二個セットで、ひとつには山車の車輪《わっぱ》が、金や朱を使って洒落《しゃれ》たデザインで描かれている。もうひとつには武者人形の顔。緑色の鉢巻きを締め、カッと目を見開いて、曳山の上で威嚇している表情だ。

　ここはやはり土崎のお酒を出すべきだろう。私が持ってくると彼女は喜んだ。

「立派な名前のお酒ねえ。『那波《なば》三郎右衛門』か」

「土崎の老舗よ。洗練された飲み口でおいしいの」

私がぐいのみにトクトクと注ぐと、また声をあげた。

「ワァ、このぐいのみ感動。不思議…」

そうなのだ。お酒を注ぐと底の蒔絵が側面に反射し、金や朱、武者人形の緑色などがガラス全体に浮き上がってくるのである。

彼女はしげしげと眺めた後で一口飲み、

「ウーッ、うまッ」

と、オヤジのようにうなった。まったく飲ませ甲斐《がい》があるというものだ。

この不思議なぐいのみだが、同封してあった説明書には「竿燈」「桜」「花火」「紅葉」「かまくら」の蒔絵が紹介されており、どれも本当にきれい。お酒を入れた時に、これらがグラス一面に広がれば、秋田の風物はメルヘンだ。

秋田魁新報によると、蒔絵は七十種類以上あり、それを湯沢市の蒔絵職人加藤尚人さんと佐藤渉さんが、ひとつひとつ手で描いているという。私が頂いた二個は、佐藤さんの作品だった。

秋田魁新報の記事に「企業や団体からロゴを入れてほしいとの注文もあるという」と書かれており、思い出したことがある。

二十年以上も昔だが、私はテレビドラマの取材で千葉県の銚子に行った。その時、

大漁旗を染める工房を見せてもらった。ご主人たちは絵筆を動かしながら、

「個人のお祝いごとに注文して下さる方も、たまにいるんですよ」

と笑顔を見せた。その時、私はふと思いついたのだ。

「孫に贈りたい祖父母を開拓できるんじゃないでしょうか。大漁旗の上部に孫の名を染め、下部に贈り主として『東京のおじいちゃん、おばあちゃん与利』なんて染めるんです」

それから一、二年後だろうか。すっかり忘れていた頃に、銚子のそのご主人から電話がかかってきた。

「内館さんのアイデアが口コミで広がり、祖父母からの注文がたくさん入るんです。今は結婚祝いや還暦祝いや、色んなケースに贈り主の名を染め、喜ばれています」

思わぬお礼の電話が嬉《うれ》しかった。

秋田が誇る川連塗りを生かした不思議なぐいのみ、もっと広がる余地がある。


（2018年1月21日）

悪癖に泣いた横綱

大相撲初場所では、前頭三枚目の栃ノ心が攻めの相撲を続け、優勝を決めた。十日目までは、横綱鶴竜が隙のない取り口で十戦全勝。すでに七日目には、好調な栃ノ心をも破っており、その優勝は濃厚だと私も考えていた。ただ、「悪い癖が出なければいいが」という思いがふとよぎった。

鶴竜には悪癖がある。それは「引き技」。相手を自分の方へ引っ張り込んだり、引き寄せたりすることだ。

引かれると相手の重心がバランスを崩す。バタッと引き落とされることもあれば、はたき込まれることもある。引いた側は一瞬のうちに勝つ。

ところがなぜか、親方たちは弟子に「引くな」とうるさく言う。確かに引くと勝つ場合よりも、負ける場合の方がずっと目につく。

私は横綱審議委員だった時に、当時の北の湖理事長にうかがったことがある。

「引くと何が一番よくないんでしょうか」

北の湖理事長の答えは明快だった。

「引くと、相手が前に出る力を加速させることができる。そういう状態で引かれたら、すぐやられます。腰の重い相手だと特にです。その上、引き技は時に、簡単に鮮やかに勝てるんですよ。引いてその経験をすると、癖になる。怖いですよ」

鶴竜にはこの悪癖がついていたのである。相撲ファンなら誰でも心配していたことだっただろう。

そして十一日目、関脇玉鷲に敗れた。引き技による自滅で、本人は「悪い癖が出ますね」とコメントし、八角理事長は「必死さよりも、軽く勝とうというのが出たのではないか」と語ったと報じられた。

その翌日、遠藤にも敗れた。またも引いたのだ。立ち合いで突き放しておきながら引いてしまった。遠藤はそこを一気に押し出した。まさしく、北の湖理事長に教わった通りの理屈が、目の前で具現化された。

さらに翌日は関脇御嶽海に、翌々日は大関高安に破れて四連敗。鶴竜の、

「勝とうとしている」

というコメントが秋田魁新報（一月二十七日付）にも載った通り、追いつめられるとつい引いてしまうのだろう。過去に、引いて簡単に勝った「成功体験」があり、それ

が出てしまうのだと思う。悪癖というものは命取りになる。

こうして優勝は栃ノ心が決めた。栃ノ心がみごとだったのは、常に前に出たことである。親方たちは「引くな」と同じくらいにうるさく「前に出ろ」と言う。NHKの勝利者インタビューなどでも、好調の原因を問われた力士が、「今場所は前に出ていますから」と答えるのはよく耳にする。これは「引く」とは正反対で、突っ張りでも押しでも、寄りでも四つでも、ひたすら前進することである。もし、この状態で相手が引いたらと考えるとわかりやすい。一気に前に出る力を加速できる。

栃ノ心は筋肉質でみごとな体格だが、それでも逸ノ城戦は緊張したと思う。関取の中では最重量の二百十五キロであり、かつての調子が戻ってきている。そして、が、栃ノ心はがっぷり四つに組み、相手の上手《うわて》を切るなり一気に前に出た。二百十五キロを寄り切ったのである。

これを人生訓とするのもクサい話だが、今回という今回は「引く」ことの脆《もろ》さと「前に出る」ことの破壊力を見せつけられた。

「押してもダメなら引いてみよ」という言葉はあるが、それは悪癖につながりかねない。

何かを自分のものにしたいが思うようにならない時でも、引かずに前に出ることだ。

苦しくても、もう少し踏ん張って前に出てみることだ。大相撲初場所が教えてくれた。

（２０１８年２月４日）

誰が生徒か先生か

ある日、中学の同期会があり、私も出席した。

後日、楽しそうな写真がたくさん届くと、それを見た私の秘書が声をあげた。

「ワァ、盛会だったんですねぇ。校長先生までいらして下さったんですか」

「え？　校長先生なんていらしてないわよ」

「あら、この人は…」

秘書が指さしたのは、単に頭が禿《は》げてデップリした同級生だった。

これが現実であるために秋田魁新報の「シニア川柳」（一月二十二日付）には笑った。

クラス会誰が生徒か先生か　秋田市　叶無庵

文化部がつけた選評に「学校時代は誰が見ても大人と子どもだった先生と生徒も、今では外見の年齢が急接近」とあった。まさしくその通り。急接近どころか生徒の方が老けて見える場合もある。

さらに選評には、年齢が急接近したことで先生に対して「一層親近感が湧き」とあったが、これはない。いや、後期高齢者のクラス会ならあるだろうが、六十代だと「親近感」より「ムカつき感」が湧きあがるのだ。

「なア、××先生、何であんなに若いんだ？　八十代は八十代らしくしろよなァ」

「何か、腹筋割れてンだってよ。可愛《かわい》くねぇ」

目線の先には、その××先生が元女生徒らに囲まれている。女性は正直なので爺《じじ》むさい六十代より、シャープな八十代に群がるのだ。

一方、女生徒より若々しく、美しい元女性教師にも困りものだ。

私たちはムカつき感丸出しで、ヒソヒソと話す。

「○○先生の肌、絶対にきれいすぎ。ヒアルロン酸とか注射してると思う」

「さっき○○先生と話したらさ、話し方が優しくて笑い声がきれいなんだわ。男子の顔のぞきこんで、その声で『立派になって嬉《うれ》しいわ』とか言うから、男子イチコロ」

元男生徒も正直なので、六十代の「怖い系オバサン」より、優美な八十代に群がるのである。

私は今、月刊『小説現代』に小説を連載中だが、その主人公はもうすぐ七十九歳になる妻で、夫は一歳年上だ。なぜ、高齢者を主人公にしたかというと、人は年齢と共に若さや生きる意欲などに大きく差が出る。以前からそれに関心を持っていたからである。

同期会でもわかったが、同じ歳月を過ごしているのに、「誰が生徒か先生か」という男女もいれば、五十代にしか見えない男女もいる。

この差は何に根ざしているのだろう。むろん、これまでの人生における苦労だとか病気だとか、境遇の違いは影響していると思う。だが、つらい境遇にあっても若々しい人はいる。意欲的に生きている人はいる。

そう考えると、決してあなどれないのは本人の「意識」だと思い当たった。

そこで、私はその小説のタイトルを『すぐ死ぬんだから』とつけた。

高齢者の中には、男女を問わず「どうせすぐ死ぬんだから」と言う人たちがいる。この意識を持つと、たいていのことはどうでもよくなる。それは気分を楽にしてくれる効果もある一方、間違うと残りの人生を投げやりにさせる。

「どうせすぐ死ぬんだから」と思えば、若くあろうと頑張ることも、他人とうまくつきあう努力も、趣味を究める意欲も、全部バカバカしくなる。これは進むと「セルフ・ネグレクト」、つまり自己放任、自己放棄につながる。

加齢と共に先が短くなることはどうしようもないが、最後まで意欲を持って生きる方が楽しいに決まっている。

「どうせすぐ死ぬんだから」こそ、自分を若く魅力的に見せるよう努める考え方はある。その方がずっと、周囲の若い人たちにとっても刺激的なのだ。八十代の先生たちに教えられた。

（2018年2月18日）

偉大な父の背

先日、都内の馴染《なじ》みのレストランから、「春のご案内」というようなダイレクトメールが届いた。その中に、「このたび、娘が店を継ぐことを決め」という内容があった。ごくさり気ない一行だったが、古くからの客たちには父親の喜びがわかる。というのも、父親はシェフとして超一流であり、その跡を継ぐのは並大抵なことではない。であればこそ、娘はそう簡単に決断できないし、重荷に感じることもあったかもしれない。まして、今は家業を子供に強制できる時代とは違う。すべては子供の決断にかかっている。どんなにいい仕事をしていようが、伝えたい技術があろうが、父親の代での終焉《しゅうえん》をも受け入れるべき時代なのだ。

私はシェフの喜びを感じながら、秋田魁新報で見た一枚の写真を思い出していた。あれはすごい写真だった。

今年一月六日、「さまようクマ」の「第三部マタギ5回続きの（3）」に出ていたものである。

由利本荘市鳥海町に住む小沼貴吉さんは、昨年十一月、マタギの師である父清弘さんと山に入り、初めてクマを仕留めた。父と猟を共にするようになって四年目のことだという。

記事によると小沼家は祖父もマタギである。貴吉さんは、小学生時代にウサギ猟を祖父に教わり、十八歳からは父のクマ猟に付いて歩いた。だが、二人のようにはできないと、理容師を目指して専門学校に進学。

現在三十歳の貴吉さんだが、すでに由利本荘市の中心部に店を構えるほどだ。それでも猟期には父と山に入り、猟の技術や作法を教わってきた。そんな中で貴吉さんは初めて、クマを一人で仕留めたのである。

「まさに山の神様に授かったという感じ」

という言葉からも、その嬉《うれ》しさや誇り、高揚感が伝わってくる。

写真はクマを解体する父の横顔と、そのクマの足の裏が写っている。そして、それを見つめている貴吉さんがいる。

写真の力を感じたのは、一瞬だけ見せたのであろう貴吉さんの表情を、みごとに写していたからである。それはどこか悲しげで、物静かで、マタギの父に、そしてマタギという仕事に、畏《おそ》れを感じているという表情だった。三十歳とはいえ、「少年」が宿すような清らかさが、そこにはあった。高揚感も真実なら、この内面も真実なのだと思った。

父の横顔は雄々しく、凛《りん》として、無言の自信を感じさせる。そうであるだけに、ふと見せた貴吉さんの内面が胸に迫る。

卓越した親の跡を継ぐということは、大変なことなのだ。幼いうちから「自分もやりたい。自分が継ぐ」と考えていた場合は別として、子供が決断に至るまでは簡単ではあるまい。

芸事など世襲の家系に生まれても、反抗したり、回り道をしたりという話はよく聞く。どんな仕事であっても、偉大な親から引き継ぐということに対し、親が人生をかけた仕事に対し、畏れを持つものではないか。

先のレストランの娘も、たぶん三十代半ばになっていると思う。「継ぐ」であれ「継がない」であれ、子が決断するには、多くの時間がかかる。外からは単に反抗しているように見えても、回り道して納得しなければならない事項が、子供にはたくさんあるのだ。

今、理容師として働き、休日だけ父と山に行く貴吉さんのような継ぎ方もある。彼はまだ、父ほどの覚悟が備わってはいないことも自覚していると言う。

「息子なりにやってくれればいい」

とする温かな父と、貴吉さんの表情の齟齬《そご》に、互いを想いあう情愛を感じる。

（2018年3月4日）

あの日のデトロイト

二十五年ほど昔かと思うが、よく覚えていない。アメリカに行った時のことだ。これも理由が思い出せないのだが、私とスタッフはミシガン州のデトロイトで半日ほど時間をつぶさないとならなくなった。

デトロイトと聞けば、誰しも世界のトップを行く「自動車産業の都市」と思うだろう。フォード、ゼネラルモーターズ、クライスラーというアメリカのビッグ3の拠点であり、大都会だ。

もっとも、私が立ち寄った頃は、すでに自動車産業がふるわなくなっており、それに関係する企業の大量解雇などが日本でも報じられていた。人口は減り続け、貧困層の増大、治安の悪さもたびたび言われた。

二十五年前の記憶は曖昧なのに、街の光景だけは鮮明に体にしみ込んでいる。

「ゴーストタウン」という言葉は、これを言うのだと思った。日本各地でも、他の外国でも、こんな街は見たことがなかった。

人がいない。

車が走っていない。

乾いた道路と荒れ果てたビルが続く。

怖かった。街の名前も忘れたが、昼なのに人のいない怖さは足がすくむほどだった。

荒れ果てたビル群は、おそらく無人なのだろう。かつてはビジネスマンやエンジニアたちであふれ、どれほどの活気だったか。今では窓は割れ、壁面は崩れ、壊れたブラインドがナナメにへばりついたりしていた。

そこに広がる空が真っ青だったことまで覚えている。澄んだ青空の下のゴーストタウンに、怖さより哀《かな》しさを感じ始めたこともだ。

夕食の時間になったが、店がない。荒れ果てたビルの中には、使用者もいたようで、闇が続く中にポツンポツンと灯がともっている。その荒涼とした光景を、月が照らしていた。

やがて、私たちは崩れかけたビルの一階に、食堂を見つけた。それは古い工場の薄暗い従業員食堂のように、殺風景だった。

妙にだだっ広かった。たぶん、三百人以上は入りそうな空間に、テーブルが幾つか。客は中高年の白人、黒人がパラパラといただけだ。客は厨房《ちゅうぼう》の前で注文する。すると、不機嫌な中年女性たちが、料理をドンと突き出す。客は引き換えにお金を払う。そう記憶している。多くは、一人で来ているのだろう。店内は静まり返っていた。

私たちは何を食べたのか、ほんの一口で店から出た。スタッフの一人が、「出よう。怖いよ」と囁《ささや》いたのだ。後で聞くと、フラフラしている客が何人もいたという。酒かクスリかはわからないが、あの雰囲気の店は、日本ではまずお目にかかれない。

かつては独自の文化と世界を圧倒する産業、百八十万を数える人口を誇った都市が、こうなるのか。そのきっかけは一九六七年の有名な「デトロイト暴動」ではないか。私が行った時期を一九九〇年代初めとすると、わずか二十五年余りで、街はここまで荒廃するということだ。

その後、復活をかけて数々の手を打ったそうで、今はあそこまでのことはないにせよ、調べた限りでは効果はそう出ていないという。

今、日本でも「東京一極集中」が社会問題となり、「地方創生」は口だけかと懸念されている。各地方都市に行くたびに、人口と店舗の減少を感じる。秋田もだ。二月一日の秋田魁新報の社説に地方創生への「政府の本気度が問われている」とあったが、政府任せではなく、「県と県民と縁者」の本気度をどう高めていくかだ。そこに猶予はない。

デトロイトになるのは一気だと、まずはその危機感を持つことかもしれない。

（2018年3月18日）

「幻の親物語」を生きて

「これだわ！　そうか、こういうことだったのか…」

私は思わず声をあげていた。評論家の芹沢俊介さんが秋田魁新報に連載されていた「親子になる　ようこそ養育論の世界へ」の第十回（三月十六日付）を読んだ時だ。

かつて、「東芝日曜劇場」というドラマ枠があった。毎週日曜夜、一話完結の六十分ドラマが放送され、視聴者の人気が高かった。

一九九一年、私はその枠に「まま・あい・らぶ・ゆー」というドラマを書いた。北海道の児童養護施設を舞台に、主演は先生役の富田靖子さんである。

準備段階で、プロデューサーと監督、幾人かのスタッフと私は北海道の施設を取材させてもらった。これについては本著でも触れているが、先生たちに話を聞いたり、施設内を案内してもらったりしていると、子供たちが興味津々にのぞいている。

すると、その中の一人の少年が近寄ってきた。幼稚園か小学校一年生かと記憶している。彼は私たちに誇らしげに言った。

「僕のお父さんねえ、お休みには必ず会いに来てくれるんだよ」

「わぁ、いいお父さん」

どの子も口々に、親の愛情と優しさを言う。

すると、一人の女の子がうれ嬉しそうに言った。

「もうすぐお父さんとお母さんが迎えに来て、一緒に住むんだよ。もうすぐ」

頬を紅潮させていた。

私たちはこの話を先生たちにして、「親も必死に頑張っているんですね」と言うと、
先生が悲しげに首を振った。

「嘘《うそ》なんです、全部」

「え？　嘘って…？」

「多くの親は、一度も来ていません。でも、どの子も絶対に親を悪く言いませんし、
かばうんです」

若い先生たちは涙ぐみ、

「お客さんが来ると嘘をつくんです。私たちには全部バレてますから」

と力なく笑った。

私はこの話に衝撃を受け、雑誌や新聞などに何度か書いた。捨てられても置き去り
にされても、虐待を受けても親をかばう。手足も細く、体も薄い子供がだ。

芹沢さんは本紙に書いている。こういう嘘は、施設で暮らさざるを得ない子供たち
が抱いている願望の一つなのだと。これを「幻の親物語」と呼ぶそうだ。

「子どもは、どこにいるか行方の知れない両親に対するあえない期待を、このよう

な物語にして胸の奥深くに、しまっているのだという」と続く。胸にしみた。

子供というものは、大人にはガラクタにしか見えない数々を、宝物のように扱う。芹沢さんは書いている。

「その一つ一つに特定の記憶が結び付いており、特別な意味を持っているのである。だから捨てられない」

この独特な執着の仕方を、養育論は「愛着」と定義しているそうだ。

同様に、いかなる事情があるにせよ、面会にさえ来ないで放ったらかしの親。それは子供を「ガラクタ」と考えていることにならないか。

「ところが子どもは、自らの育ちに役立たない両親を、とりわけ母親を消し去ることができないのである。生の深いところで愛着が働いているのである」

この結びは何という哀《かな》しさ、何という説得力だろう。

昨年一年間に、虐待などの疑いで児童相談所に通告した十八歳未満の子供は、過去最多の六万五千四百三十一人に上る（警察庁まとめ）。

まして、幼ければ幼いほど非力である。自分の力では生きていけない。おびえながらも親にすがり、あげく何らかの虐待を受ける。

それでも子供は「幻の親物語」を作り、親を悪く言わない。あの嘘をついている時だけ幸せで、親と一緒にいる気がしたなら、罪はすべて大人にある。

（2018年4月1日）

ウグイスの啼き方

例えば電車の中で化粧をしたり、老人が前に立っていても席を譲るどころか大口を開けて飲食する。挨拶はせず、年長者をあざけり、どこでもお構いなしに仲間たちと大声で笑い、騒ぐ。

日本の若い人たちが、こんなふうに最も傍若無人で「何でもアリ。個人の自由」とばかりに傲岸《ごうがん》だったのは、二〇〇五、六年前後ではなかっただろうか。

私は二〇〇七年の正月、テレビ朝日のスペシャルドラマを書いた。二夜連続五時間という特別番組で私はどうしても「白虎隊」を書きたいと申し出ている。

私が東北大大学院に社会人入学してとてもよかったことの一つに、三年かけて東北六県を隈《くま》なく歩き回ったことがある。

その中でも会津と白虎隊は衝撃だった。「弟分」とも言える二本松少年隊の話と共に、ほんの少しは知っていた。だが現実にその地に行き、由縁の場所を巡ると、あの頃の東北の大人や少年少女の生き方が立ち上がってくる。

あの時、大学院を終えて仕事に復帰したなら、必ずいつか白虎隊と会津魂をドラマ化したいと思った。日本の若い人の傍若無人ぶりを思うと、誠実に生きて誠実に死んでいった十代の彼らについて、伝える必要性を強く感じたのだ。

おそらく、中には時代錯誤だとか、危険な忠誠教育だとか言う人たちもいるだろう。だが、白虎隊や二本松少年隊に限ったことではない。後々の戦争にあっても、まさかこんな日本になるとは思いもせずに、十代、二十代の若者は死んでいったに違いない。是は是、否は否として、よく生きよく死んだ白虎隊の少年たちの青春群像を書こうと思った。プロデューサーも監督もまったくの同意見だった。

そして何より有り難いことに、各芸能事務所も賛同し、主役級俳優のスケジュールを惜しげもなく取ってくれたのである。結果、このドラマは二夜とも17％を超える視聴率で、同時間帯でトップだった。

あれから十年がたつのだが、この三月、突然朝日新聞からインタビュー依頼があった。「リレーおぴにおん」というコーナーに、「維新150年」という連載企画がある。そこでドラマにちなみ、白虎隊のことを語ってほしいという。彼らの自刃は一八六八年の旧暦八月。その直後に維新だ。

私の談話が新聞に載ると、全国から反響が届き、同意者の多さに驚いた。

私はあのドラマを書くために取材し、土地の人の話を聞き、歴史を調べたりしながら、ずっと心に引っかかっている言葉があった。それをいつ、どこで知ったのか、まったく思い出せない。会津や白虎隊とは無関係の、何か情報番組で耳にしたのか。あるいは生物図鑑にでも出ていたのか。

「幼いウグイスは、美しい声で啼《な》く成鳥の近くにいさせる」

という内容である。

美しい声で啼く大人のウグイスのそばにいさせることで、幼いウグイスはそれを模範とする。そして、美しく啼くように育つのだという。それを脚本のセリフにも使った。

私たち大人は、若い人がみっともない声で啼くことに対し、怒りを覚えていた。だが、その前に、大人として美しく啼くということを示してきたか。考えざるを得ない。

当時の会津の大人たちは厳しかった。だが、おそらく子供たちはそんな大人が美しく啼くことを知っていた。敬意を持っていた。

今、日本の若い人たちはずいぶんよく変わった。悪く振れすぎたことへの揺り戻しか、天災や人災に立ち向かう大人から何かを学んだのか。それはわからない。

ただ、成鳥は常に美しく啼いてみせることを自覚する必要はある。

（2018年4月15日）

こんな割引券も

先日、銀座の松竹試写室で映画を見た。終了後に友人たちと待ち合わせていたが、まだ時間がある。

そこで、「いわて銀河プラザ」に立ち寄った。都内には道府県ごとのアンテナショップと呼ばれる店が多い。そこに行けば、その土地の物産が何でも手に入る。秋田の場合、品川の「あきた美彩館」で、いぶりがっこからトマトのシシリアンルージュに至るまでそろう。秋田が引っ越してきたようである。

「いわて銀河プラザ」は歌舞伎座の向かいで、松竹から徒歩五分ほどだ。

私は小岩井農場のバターだの三陸のワカメだのといろいろ買い込み、レジに並んだ。

すると、係の女性が笑顔で言った。

「あら、内館さんですね。名刺、お持ちですか？」

シマッタ！　よりによってその日は持っていなかったのである。

私は父が岩手県盛岡市出身ということもあって、「みちのく盛岡ふるさと大使」である。就任以来、肩書が印刷された名刺が盛岡市から届く。これは各地でやっていることだろう。

が、盛岡の場合、大使の名刺が「割引券」になっている。盛岡市の商工観光部から初めて送られてきた時、面白いアイデアだなァと感心した。

名刺は、普通の名刺の二倍の大きさで、それを真ん中から二つ折りにしてある。「表紙」ともいえる第一面には、盛岡のシンボルがきれいなカラー写真で印刷されている。それは「岩手山と啄木碑」や、「岩手銀行（旧盛岡銀行）旧本店本館」、「盛岡三大麺（わんこそば、冷麺、じゃじゃ麺）」と「南部鉄器」の四種類がある。岩手銀行のそれは、国の重要文化財で、れんが造りの美しい建築物だ。

二つ折りを開くと、

「この名刺を下記の施設へご提示いただきますと、それぞれの特典がご利用になれます」

と印刷されている。

つまり、大使ら関係者と名刺交換した人は、それを使えば割引になるということだ。使えるのは主に盛岡市内の店舗や施設で、たとえば「石川啄木記念館」などは入館料が二割引き。「もりおか町家物語館」ではソフトクリームがサービスされ、「もりおか啄木・賢治青春館」の喫茶室では、南部鉄器で沸かした湯のコーヒーが、一杯百円引き等々だ。前述のいわて銀河プラザでは、購入金額の5％引きになる。

秋田でもできないか。秋田市、横手市、大仙市、男鹿市をはじめ、どこも個性的な街ばかりである。赤れんが郷土館や角館の武家屋敷、横手の県立近代美術館の入館料などを割り引くのだ。トピコや美彩館で購入金額5％引きなどもどうか。

ただ、この名刺によって、急に旅行客が増えたり、経済効果が出たりということはないと思う。だが、名刺を受け取った人は珍しがり、「取っておいていつか使おう」となりうる。また、私は「友達に配るから、あと三枚くれる？」とか「銀河プラザ、時々行くから女房が喜びます」などと、実際に言われている。

名刺を受け取った人たちの様子からすると、どうも初めて見た人ばかりだと思われる。他県ではやっていないのだろうか。大きな効果は期待できなくても、こんな小さな積み重ねも必要かもしれない。

家族旅行でも仲間との温泉旅行や食べ歩きでも、ふと「そういえば、名刺があったな。今度の旅は秋田ってどうだろう」と、思い出すきっかけになることは十分考えられる。

この名刺の唯一の欠点は、誰もが「割引」に気を取られて、配った人の名前など見もしないことである。

（2018年5月6日）

イチローの絶対値

私はイチロー選手がオリックス・ブルーウェーブの外野手として、四年目のシーズンを終えた時に会っている。月刊誌の対談だった。

彼は二十二歳になったばかりであったが、前年にはシーズン二百十安打の日本記録を作り、リーグMVP。早くも日本を代表する選手になっていた。

あの時に語った彼の言葉を、二十年以上がたつ今もふと思い出すことがある。それと同じ内容が、秋田魁新報の「きょうの言葉」（五月四日付）に載っていた。

「自分のなかで立てた目標というものを成し遂げた。

そのことを成功だというならわかります

イチロー」

これがいつ頃の言葉かわからないが、イチロー選手は私が会った時、すでにこの姿勢を確立していた。私は対談の場で、「二十二歳にして求道者だわ…」と驚いたことを思い出す。

それは、プロ野球に疎い私の、つまらない質問がきっかけだった。

「あなたが選手としてめざしているものとか、将来の目標って何ですか」

彼は答えた。

「あんまり具体的なことじゃないんですよね。目標と言われる時に、まあ、公式な発表としては百三十試合出ることとか、よく言いますけど、本当はね、ちょっと違うんですよね」

そして言いよどんだ後で

「よりいいスイングというか、自分が満足できる打席にするということが目標です」

モデルのように顔が小さく、強くきれいな目をした二十二歳は、「少年」という雰囲気を残していた。その少年がつぶやいた。

「何ていうか、具体的なことというのは考えられないんですよね、いろいろ」

プロ野球はまるで知らない私だが、イチロー選手の言わんとすることはよくわかった。そして言った。

「そうか、あなたが求めているものは『絶対』なんだわ。たとえば『去年は何割何分打ったから今年は』とか『去年は幾つタイトルを取ったから今年は』とか、そういう相対的なものではないのよね」

彼は深くうなずき、私は断じた。

「野球という対象に向かって、より高みに行き着きたいということが目標」

彼はハッキリと言った。

「そうです」

あの若さで、イチロー選手は比較や相対値ではなく、野球選手としての理想像、つまり絶対値を持っていた。目標は首位打者とかMVPとかではなく、自分が描く「理想の野球選手像」に近づくことなのだ。

この思いは誰にも分かってもらえないと考えていたようで、今まで話したことはないと言う。私が、

「ということは、あなたに浴びせられるそういった質問には、適当に答えていたんじゃない?」

と言うと、

「本当に適当に答えるんですよ」

と困ったように笑った。

今年四十四歳を迎えた彼は、マリナーズの「会長付特別補佐」というポジションを受諾した。今季の試合には出ないが先々はわからず、現役は続行。若い選手たちにアドバイスしながら、練習を続ける。かつてない形だそうで、受諾した意図を訝《いぶか》しむ報道も目にする。

だが、おそらく彼は理想とする引き方を心に持っている。「〇〇選手のように」とか「ファンが求める限りは」とかではなく、野球選手としての引き方の絶対値。今回

の受諾は、その高みに行き着く一要素だったのかもしれない。
時代や他者に惑わされず、比較に価値を見ず、「なりたい自分」を目指す。天才でない人間には難しいことだが、閉塞《へいそく》感から解放されるかもしれない。

（2018年5月20日）

ご存じでしたか？

前々回の本欄に、岩手県盛岡市の観光大使らに配布している名刺を紹介した。それを提示すると、東京のアンテナショップや盛岡市内の施設でさまざまな特典が得られる。秋田でもやってはどうかと書いた。
すると、にかほ市観光課の佐々木真紀子さんから、お手紙を頂いた。同市ではとうにそれをやっており、「フェライト子ども科学館」などに無料で入館できるという。

「にかほにいらしたらお使い下さい」と、ふるさと宣伝大使のネイガー・ジオンの名刺と、観光パンフレットが同封されていた。見ると馴染《なじ》みの「土田牧場」が出ている。

ここのチーズ、ハム、乳製品は絶品で、私は取り寄せるようになって長い。ついには現地で買いたいとなり、編集者四人と出掛けたことがある。鳥海山の麓の仁賀保高原に、二百頭ものジャージー牛が放牧されていた。おいしくて安全であることを至上とする家族経営の牧場。編集者たちもハマり、ずっと取り寄せているが、秋田の人は意外と知らない。

たぶん、秋田市民市場の「イカステーキ」も知らないと思う。私もつい最近知ったので威張れないのだが、秋田に行くたびに必ずのぞく市民市場。その中の進藤水産に、「イカステーキ」なるものがあった。固形石鹸《せっけん》ほどの厚みで、ひと回り大きいかという形だ。これが醤油《しょうゆ》とみりんだろうか、とにかく秘伝のタレに漬けられている。二個パックで三百円だった。

初めて見たので、さほど期待もせず買って帰った。そしてフライパンで焼いたところ、これが軟らかくてモチモチしておいしいの何の。タレがたっぷりついているため、野菜も一緒に焼いてからめられる。

九十三歳になる母に、薄くスライスして持って行くと、大絶賛。このイカなら高齢者でも軟らかくて噛《か》み切れるし、きっと大喜びする。

また、秋田に住む友人知人たちは、「ナガハマコーヒー」の名は知っているが飲んだことはないと言う。なんともったいない。

ここの「世界遺産のアイスコーヒー」の右に出るものは、そうそうない。モンドセレクションでも金賞を受賞。私は愛飲して十年以上がたつが、誰に出しても「これ、どこの?」と聞かれる。何しろ世界遺産の白神山地の水で作っている上、ブラジル政府公認の鑑定士が全工程に責任を負っている。売上金の一部は白神山地の保全活動資金として活用しているのも嬉《うれ》しい。

私はネットで注文したり秋田に行った時に買い、キャリーで引いて持ち帰る。一本七百五十六円(千ミリリットル入り)。

このアイスコーヒーと、土田牧場のとろけるチーズをのせたトーストは抜群の相性。そこでパンだが、私は秋田に行くたびに、秋田キャッスルホテルのベーカリーで必ず色々と買う。食パン一斤が三百十三円。

友人たちは「わざわざ秋田で…」とあきれるが、ここのパンは、ネットでも「ハイレベルなパン」として高得点がついている。単にふわふわしているだけでなく、力強い食感による得点ではないだろうか。

そして驚くのは、ポイントカードだ。あまりしょっちゅう行くので、店員さんに勧められて作ったところ、「パンの会計三百円につき、スタンプ一個。十個になると次回三百円引き」である。こんな割のいいポイントカード、初めてだ。秋田の友人知人は誰も知らなかった。まったく。

かくして、私の食卓にはいつも秋田がのっている。ものによっては割高でもあるが、安心な上に、このおいしさ。地元の人は案外気付いていないので、秋冬バージョンもまた書きたい。

（2018年6月3日）

かたげわりごど

ある日、私は母宅のリビングでテレビのニュースを見ていた。母は台所にいたのだ

が、リビングに入ってくるなり画面を見て、

「この子、かたげわりごど。何したの？」

と私に聞いた。

画面には五歳の女の子の写真が出ていた。一枚は幼稚園の制服姿で、もう一枚は紙のお面を頭にかぶっているものだった。どちらもあどけない幼稚園児という感じで、可愛《かわい》らしい。

それなのに一目見るなり

「かたげわりごど」

と見抜いた母にびっくりした。というのも、この女の子は継父と実母に凄惨《せいさん》な虐待の限りを尽くされ、死んだ。東京は目黒で起きた虐待死事件の酷《むご》さは、報道で日本中を泣かせた。

それによると、冷水のシャワーを浴びせ、殴り、風呂掃除などを義務付け、食事はろくに与えなかった。隠れてお菓子を食べ、継父に張り飛ばされたこともあったという。この継父と実母の間には一歳になる男の子がおり、夜は三人で眠る。女の子は電灯も暖房もない部屋で一人だ。外食に行くにも三人。女の子は連れて行かない。自分で目覚まし時計をセットし、毎朝四時に起きて平仮名の自習を命じられていた。両親

と弟は隣室で寝ている。

その練習帳に書かれた文章を、警察が公開した。これは異例のことだという。いかに酷い虐待を受け、それでも自分を責める五歳の状況を、知ってほしかったのではないか。そこには、

「きょうよりかあしたはもっとできるようにするから　もうおねがい　ゆるしてゆるしてください　おねがいします　もうほんとうにおなじことはしません」

などと、とても五歳とは思えない文章で謝罪と反省が続いていた。

私は母の「かたげわりごど」という第一印象が、子供を育てる上で、大きなことを示唆していると思った。

「かたげわるい」という秋田弁は、秋田の若い人には通じなかった。私は、

「屈託があるというか、気兼ねして生きてるというか、オドオドして肩身が狭いというか…でもちょっと違うなア。ともかく、そういうものが姿に表れている状態よ」

と説明したのだが、この豊かで深い秋田弁は、標準語の薄っぺらで型通りの言葉にはとても置き換えられない。

あの女の子がなぜ、かたげわるいのかというと、愛されて育っていないから。これに尽きる。

子供が元気に明るく、その年齢にふさわしい傍若無人ぶりで育つには、「自分は愛されている」と実感させることがすべてだと思う。

女の子の文章は、「いい子になるから愛して」と叫んでいる。

実の親でなくても、愛されている実感が子供にあれば、何の問題もない。私の友人に、貧しい養父母に育てられた人がいる。彼は一度たりとも実父母を思うことはなく、本当に幸せに育ったと言い切る。また、九歳の時に妹と二人、両親に捨てられた友人もいる。親戚をたらい回しにされ、いじめられ続けた。ろくに食べさせてもらえず、空腹に耐える幼い妹のために盗みも働いた。親戚たちは相談し、厄介払いに養護施設に入れた。彼は言う。

「養護施設は天国だった。先生は抱っこしてくれて、大事にしてくれて、食べる物も布団もあった」

彼は愛して育てられたお礼にと、大人になるとずっと妹と二人で定期的な支援を続けてきた。今では組織をつくって、多くの養護施設へと輪を広げている。

子供の思いは姿に出る。贅沢《ぜいたく》はさせられなくても、「あなたが大切。可愛い」という愛情を示せば、かたげわるい哀れな子は、絶対にできまい。

（２０１８年６月17日）

不思議な物体

ある夜、女友達が遊びに来た。彼女はずっと小学校で栄養士をしていた人だ。私が書いたＮＨＫの連続テレビ小説「私の青空」は小学校の給食現場が舞台のひとつだった。脚本を書く上で、彼女にどれほど多くを教わったかわからない。

あれから十八年、彼女は、

「食育に関して、栄養士も教諭たちもすごく頑張ってるし、子供たちはあの頃みたいに無知ではないわ」

と言う。あの頃は「卵」の形を知らない子がいた。殻付きの茹《ゆ》で卵を出されると、不思議な物体にひるむ。

「いつも親が殻をむいて切って出すから。今でも、魚にせよ肉にせよ野菜にせよ、親が食材の元の姿を教えてないのね。大問題なのは、若い親自身も元の姿を知らない場合があること」

それを聞いて、確か昨秋に本紙の「声の十字路」に出ていた投稿を思い出した。秋田市に住む女性が、スーパーのレジにナシを出した。すると若い女性店員に
「これ、リンゴですか？　ナシですか？」

と聞かれたという。聞かれた方はびっくりし、

「ナシですが」

と答えると、平然とナシの金額を打ち込んだという。女性の夫も別の店で同じ体験をしたそうで、カット野菜やカット果物ばかりの弊害ではないかと書いていた。

この話を先の女友達にすると、驚きもせず、

「ありうるありうる。私の知ってる若いママは、お米を洗剤で洗ってたからね」

ときた。仰天ものである。

私も連続テレビ小説の取材で、何度も仰天した。

たとえば、小学生に聞くと「海苔《のり》」が海藻《かいそう》であることを知らない子がいる。最初から四角く切って味が付いていると思っている。「餅」が米であることも知らない。中には袋入りで売っていることさえも知らず、

「お餅？　知ってる。お雑煮とかに入ってるガム」

と、あどけない表情で自慢げに答えた子もいた。

何よりも、米が植物だということを知らない。豆もだ。食べられる「不思議な物体」なのだ。

女友達が言うには、

「魚は意外とよく知ってるの。回転寿司《ずし》に行くからよ。一番人気のサーモンを筆頭に、おいしい魚は親も一緒に寿司店で学んでる」

らしい。以前のように、切り身が泳いでいると思う子はいないようだ。

ただ、給食で頭の付いた小魚を出すと、「目が怖い」と泣いて食べない子もいれば、アジの骨が刺さって大騒ぎになったりもする。

「私たちの頃は『頭から食え。骨にはカルシウムがある』と教わったし、魚に骨があるのは当然で、子供でも上手に取り除いたけど、今はそういうことを教える祖父母と同居してないケースが多いしね」

今では、最初から骨を取り除いた魚が売られてもいる。親は料理しやすいし、子は食べやすいし、やがてそれが当たり前になるかもしれない。

とはいえ、元の姿を知らないことは食の根幹に関わる問題だ。どうすればいいのか。

彼女は言う。

「家庭でも給食でも、おいしく作ること。子供は必ず『これ、おいしい。ナーニ？』

と聞いてくるから。そしたら、図鑑でもネットでもいいから、食材の姿を教える。食育は子供の胃袋をつかめば、いくらでもできるのよ」

そして、加えた。

「あと地方から転校してきた子は全然違う。子供は地方で育てるべきね。山も海も川もあって、食材の姿も当たり前に知ってるし」

私はオズオズと言った。

「でも『リンゴですか？　ナシですか？』って聞いたのは秋田の人よ」

彼女、怒った怒った！

「次から『メロンです』って答えてやれッ」

（2018年7月1日）

定年、腹をくくる

六月二十三日号の「週刊現代」で、佐々木常夫さんと対談した。かつて、東レで同期入社のトップを切って役員に就任された方だ。現在は「佐々木常夫マネージメント・リサーチ」の代表であり、独自の経営観から政府などの公職も数多く務められている。秋田のご出身で、秋田高校から東大に進み、東レに入社。あの大企業にあっても、その能力と人望は抜きんでており、必ずやトップに立つ人材だとされていた。

ところが、役員に就任した後、突然、子会社に左遷。その時の思いを、私との対談で語っておられる。

「最低でも副社長になれると思っていたのですが…。子会社の社長になったとはいえ、三十人の会社ですからね。しかもまだ五十八歳のとき。競争社会から外れるという焦燥感はありました」

私の小説「終わった人」の主人公・田代壮介は、秋田における秋田高校と同様に、岩手の県立トップ校から東大へ。メガバンクに入行後はめざましい活躍と人望で、いずれは頭取もありうると目されていた。そこに突然の左遷。社員三十人の会社で定年を迎え、焦燥感に打ちのめされる。ここまでは佐々木さんとそっくりの人生である。

大きく違うのは、この後だ。

佐々木さんは打ちのめされたが、すぐに腹をくくった。壮介はくくれず、「俺はもっと仕事ができる」と、それればかりだった。

佐々木さんは対談で、象徴的な秘話を打ち明けている。多くの本を書くようになったきっかけについてである。

「私は偶然、出版社に頼まれて本を書いたと言ってきましたが、それは嘘《うそ》。自分はこんなことが書けますよと自ら仕掛けた結果です。そんな大胆なことができたのも、腹をくくれたからです」

だが、中にはきっと「佐々木さんだから書く力もあっただろうけど、俺にはないし。腹をくくると言われても、何をどうくくればいいわけ？」と言う人がいると思う。

実際、私は小説で壮介を書きながら、腹のくくり方を知らない彼に苛立《いらだ》った。自分で書いているとはいえ、登場人物はそういう人間であり、私の思うがままには動かない。

そんな壮介を通して、やがて私自身が気付かされた。「腹をくくる」ということは、未練を断ち切ることなのだと。

定年や再雇用終了を迎えたり、店や事業などが子供の代になったりして第一線から退く場合、どうしても未練が残る。口では「ああ、やっと楽になれる」とか「さあ、これからは趣味に生きるぞ！」などと言いながら、社会から外される自分が納得できない。「若い者には負けないのに」とか「俺の居場所はまだあるはずだ」などと思う。

壮介は私に「腹のくくり方」の第一歩を教えてくれた。それは、

「俺の第一ラウンドは、完全に終わった。もう第二ラウンドに入り、二度と第一ラウンドには戻れない」

と認識することだ。その認識が、第二ラウンドの戦い方を考えさせる。それが腹をくくるということではないか。遠くに去った第一ラウンドに未練を残し、「俺はまだできる」と勝手に自負したところで、社会は「あなたの時代ではありません」と言っている。

「俺の第一ラウンドは終わった」と腹をくくれない人は、作戦も何もない第二ラウンドで、間違いなくノックアウトで負ける。

佐々木さんが第二ラウンドで新天地を切り拓《ひら》けたのは、第一ラウンドへの未練や恨みつらみを鮮やかに断ち切ったからだと思えてならない。


（2018年7月15日）

子供の伸びしろ

十年以上前になるが、日本でトップクラスの大学の難関看板学部教授と話す機会があった。

「受験エリートで来た学生の中には、時々いるんですよ。大学に入ってから意外と伸びない子が。おしなべて伸びしろがあるのは、地方の公立高校から来た子ですね」

小中学校のうちから難関突破をめざし、家族も一緒にひたすら走ってきただけに、目標を達成すると心が空疎になったり、新しい環境でどう生きていいのか不安になったりという学生が、時にいるらしい。私が、

「やっぱり地元の公立に通っていると、地元の多種多様な友達ができて、どうしても受験以外のことにのめりこんだりしますから」

と言うと、教授は、

「成長過程のある時期、机上の勉強とは別の何かに夢中になったり、体験したりは、

非常に骨太の人間をつくります。だけど、親も子も目先の結果が欲しいから」と苦笑された。それはそうだろう。どんないい結果が、いつ出るというのだ。それが果たして出るのかもわからないではないか。そんなことより、親も子も目の前の合格の方が人生を確かにすると考えるのは当然だ。

そして先日、秋田魁新報の「土崎港曳山《ひきやま》まつり」の特集号を読んでいて、教授の言葉を唐突に思い出した。

「港和会」の栗田紳佑さんの記事である。

港和会は曳山まつりで演奏される「港ばやし」を保存・伝承する会だという。彼は秋田市立土崎中学校の三年生で、熱心に太鼓や笛の練習に励んでいるそうだ。期待の「若き担い手」である。

彼の談話がとてもいい。

「港和会に入ることも、会の一員として祭りで演奏することもずっと憧れでした。祭りが近づいてくると気分が高まって前の日は寝られません（笑）。祭りが終わると次の日からすぐに来年の祭りのことを考えてしまう。とにかく港まつりが大好きです」

成長過程に、これほど夢中になれることや好きなことがある。そして、その結果がもう表れていることに、誰もが気付くだろう。記事に掲載された栗田さんの写真は、早くもみごとな男ぶりを匂わせているのだ。

「秋田市土崎港　港ばやし保存会」と染め抜いた青い半纏《はんてん》に豆絞りのハチマキ。腰に太鼓のバチと笛をさし、腕組みをして力のある目で正面を見ている。まだ中学生だというのに、男の涼やかな迫力。おそらく、地元の祭りがつくりあげたものだと思う。父上の雅史さんは今年、祭りの最高の名誉といわれる統前町の委員長を務めた。そんな父やその仲間たちを見てきただけに、きっと父親を尊敬している。港和会の先輩たちをもだ。年長者への礼節も自然に身についているだろう。

社会に出た時、社会で多くの人々と関わる時、祭りが教えてくれた数々のことは必ず役に立つと思う。

私の友人で、一流大学から一流企業に勤め、長く海外勤務をしていた人がいる。彼は帰国した際、私に言ったものだ。

「海外で僕は最初、バカにされた。いや、仕事も言葉もできたよ。バカにされたのは、自分の国のことを全然知らなかったから。日本の駐在員の少なからずは外国人に聞かれても、源氏物語も黒澤映画も満足に語れないんだよ。それに、生まれ故郷の話もな…」

彼は早くに地元を出て、中学から東京の受験エリートだった。地元愛は希薄だったと言うが、日本のことや故郷のことを学び直し、今では「何でも来い！だよ」と笑う。すぐに結果が出ないことを認める。それを子供に向ける必要を思う。

（2018年8月5日）

真夏の「騒音」

女友達が竿燈まつりを見に行ったそうで、お土産のお菓子を持ってやって来た。もう大変な興奮ぶりだ。

「あんなお祭り見たことない。すごいの。竿《さお》がバーッと立つと、提灯《ちょうちん》が揺れる稲穂なのよ！　知ってる？」

知ってるわよ。

「このお菓子、榮太楼のよ。秋田の誇る老舗の名店よ。知ってる？」

知ってるよ。舐《な》めンなよ。

彼女の興奮につきあいながら、私は秋田魁新報の記事を思い出していた（七月二十八日付）。

それを読むと、ずっと町内で練習していた竿燈だが、おはやしは「騒音」だとして地元から苦情が出るという。そこで、練習場を八橋陸上競技場前に移す竿燈会が出始めた。

上亀之丁の竿燈会代表である富樫剛さんによると、苦情を受けて四年ほど前から同競技場前で練習しており、多い時では四町内が集まるという。

また、上米町《かみこめまち》一丁目も当初は町内で練習していたが、「竿が邪魔」と苦情が出て近くの広場に移動。すると今度は「おはやしがうるさい」と言われ、今は競技場前で練習している。

富樫さんは「時代に合った工夫や配慮をして、練習のあり方を考えるべきだ」と話しているが、その意味で最も有名なのは、「無音盆踊り」だろう。これは平成二十一年に愛知県東海市が始めた。盆踊りの音楽がうるさいという苦情により、踊り手は全員が携帯ラジオを持つ。イヤホンを通じて音楽を聴き、それに合わせて踊る。周囲には一切音楽は聞こえない。

私はテレビのニュースで見たのだが、何とも不気味だった。というのも、無音の中、浴衣姿の人々が櫓《やぐら》の回りを一心不乱に踊り続けているのだ。その姿が提灯に浮かびあがると、冥界の踊りのようだった。

盆踊りは元々、死者を迎える盆行事のひとつだ。死者と生者が共に踊り、交歓する。その行事はやめたくないが、騒音の苦情には悩む。その苦肉の策だったのだろう。つまり、時代に合わせた変化だ。

私は「冥界の盆踊り」を見ながら、ここまで変化させる必要があるのかと思った。だが、住民の耐え難さは他人にはわからないのだと思う。

騒音問題はつくづく難しい。東京では公園の噴水のまわりに子供が集まり、水を受けてはしゃぐ声に苦情が出た。そこで区は、噴水のスイッチを切った。子供は来なくなり、声もしない。止まった噴水が静かにあるだけだ。

また、保育園や幼稚園の建設でも、町内の反対運動がよく報じられる。話し合いの末に建設することになっても、子供の声が漏れないように防音ガラスを二重にし、中には子供を園庭に出さず、室内でのみ遊ばせるところもあると聞く。

一方、私は東京都教育委員の時、都内の区立小学校を訪ねた。ここの運動会では、昔ながらに大きく音楽をかけ、子供も思いっきりはしゃぎ回るという。教育委員たち

が「近所から苦情が来ないか」と聞くと、

「日頃から近隣住民とのコミュニケーションをはかり、文化祭や給食試食会などに来て頂いたり、出前授業をお願いしたりしています。また、こちらも可能な限り、住民のお力になりたいし、運動会前には一軒一軒を訪ねて、お願いもします。そんな関係が長いと『練習日含めて二日三日のこと、子供に存分にやらせて』と言って頂けます」

こういう積み重ねも大切なことだが、上米町一丁目代表の貴志冬樹さんは、

「町内で練習したいが、いったん離れてしまうと、再び住民の理解を得るのは難しい」

と語る。納得できるだけに切ない一言だ。

（2018年8月19日）

すぐ死ぬんだから

何かというと、

「どうせ、すぐ死ぬんだから」

と言う高齢者は多い。特に面倒なことや意に沿わないことを言われると、この言葉を返してくる。

「そんな古びたセーターやスカートはやめて、もう少しオシャレすれば？」

「いいのいいの。どうせすぐ死ぬんだから」

となる。また、

「前歯が欠けてるのは、みっともないよ」

「いいんだって。どうせすぐ死ぬんだから」

とくる。そして、

「このトシになると、楽が一番だよ」

と少なからずの人がつけ加える。古びたセーターもスカートも楽で、歯科医院にも行かない方が楽だということだろう。

高齢者の「どうせすぐ死ぬんだから」という言葉、また「このトシになると楽が一番」という言葉は、何もしないことを正当化してくれる。これさえ言っておけば、面倒なことをせずとも許される。少なくとも当人はそう思っているだろう。

この言葉は、何もしないことへの免罪符なのだ。

たとえば高齢者で、スキンケアもヘアケアもしない人がいる。シミとシワだらけの顔に、パサパサの白髪頭を引っつめ、とうに捨て時を過ぎた服を着ている。加齢と共に誰しもシミやシワは増えるし、白髪も出る。当然だ。だが、「どうせ死ぬんだから」と、手入れをしない。そして、

「老人は老人らしく。あるがままでいいんだよ」

と胸を張ったりする。

それは「あるがまま」と言わず、「不精」と言うのである。「あるがまま」と「不精」はまったく別物である。

そうでありながら、断捨離に努め、エンディングノートをつけ、終活に励む。それは遺《のこ》された者にはありがたいことだが、当人はまだ生きているのである。生きている間は可能な範囲内で、自分のために時間とお金を使い、自分に手をかけるとする考え方もある。

どうせすぐ死ぬ年齢にしても、いつ死ぬかはわからない。人生百年時代だ。ならばエンディングノートより、前歯を入れる方が先だろう。

家族や周囲の人々にしても、高齢者が「どうせすぐ死ぬんだから」と言っては「自称あるがまま」の姿でウロウロされるのは、かなり不快なものである。終活よりも、もっと自分に手をかけて、生き生きと生きてくれよと心の中では思っているはずだ。

私はそれに気づいた時、後期高齢者女性を主人公に小説を書こうと思った。

主人公は七十八歳、夫は七十九歳にした。彼女は十年前までは、自分に手をかけることに関心がなかった。「自称あるがまま」だ。ところが娘について行ったブティックで、実年齢より遥《はる》かに上の「婆《ばあ》サン」に見られてしまった。その衝撃は大きく、以来、生き方が一変した。今では若々しくすてきだと評判の七十八歳である。

彼女は高齢者の特徴を冷静に見ている。「鈍い」「緩い」「ケチ」「くどい」「愚痴る」「淋《さみ》しがる」「同情を引きたがる」「どうせすぐ死ぬんだからと言う」。そのくせ「好奇心が強くて生涯現役だと言いたがる」「身なりにかまわなくなる」。なのに「若いと言われたがる」「孫自慢に病気自慢に元気自慢」。彼女はこれらが世のジジババの現実であり、これらを少しでも遠ざけることがいい年の取り方だというところに行き着く。

むろん、賛否両論あるだろう。だが、終活ばかりではなく、生きている今をどう楽しむかを考えたいと思い、書いた。小説のタイトルはそのまま「すぐ死ぬんだから」である。

（2018年9月2日）

「おおよそ」で十分

猛暑にのたうっていた七月、友人のA男とB男とビールを飲みに行った。二人は六十代半ばで、マスコミの仕事をしている。

おいしく食べて飲み、にぎやかに話している時、映画の話題になった。今までで一番期待外れだった映画は何だったかと話が広がり、A男がすぐに言った。

「俺、アレだな。アレ。アレ」

アレの後が出て来ない。

「アレってどれ?」

「だからアレなんだけどタイトル、何つったけな」

「主演、誰?」

「アレだよ、ホラ。名前が出ないけど、いい俳優でさ。ホラ、えーっと」

「日本映画?」

「アメリカ。あれほど期待裏切る映画はそうない。俳優たちも出なきゃよかったと思ったよ、絶対」

こう言われると、タイトルが知りたい。だが、A男「アレ」と「ホラ」ばかり。B男が苦笑して聞いた。

「監督は覚えてんだろ」

「監督は…アレだ。えーっと顔が浮かぶのに、名前が出ない。えーっと」

「他に何の映画撮った?」

「戦争ものの一級品で、ホラ、お前の好きなアレ」

B男が声をあげた。

「わかった!あの監督な」

私はわからず、B男に、

「あの監督って？」

と聞いた。すると、

「だから、アレだよ、アレ。何つったっけ」

今度はB男も「アレだ」。そして二人して言う。

「主演も監督も顔はしっかり出てるんだけど、名前だけが出ないんだよなァ」

確かにこういうことは私にもある。人名でも国名でも、また番組名、薬品名、料理名等々、姿形は浮かんでいるのに出て来ない。それに関連したことで考えていくと、パッと思い出したりする。が、今回のように関連質問で攻めたB男も「アレ」「ホラ」に落ちたりもする。

困るのは名前が出ないままにしておくと、落ちつかなくて気持が悪いことだ。今回もスマホで調べたが「アレ」と「ホラ」では検索できない。とうとうA男は会社の若い社員に電話をかけた。が、社員は困り、

「もう少し取っかかりがないと…調べられません」

と言ったそうだ。当然だ。

するとB男が嘆いた。

「ヤベエなァ。映画なんて俺ら、いわば仕事だよ。それをアレとホラじゃショック

だよ。どうするよ、これから」

「な。加齢と共にひどくなるわけだしな」

ドンヨリする二人を、最年長の私がなぜか励ます。

「大丈夫だって。単なるもの忘れよ。平気平気」

私の根拠のない励ましには何の力もなく、二人はドンヨリと帰って行った。

それから何日かたった日のことだ。私は秋田魁新報の「さきがけ詩壇」が大好きなのだが、横手市の伊藤暉悦さんによる「村の出来事」という詩には目からウロコが落ちた（八月十日付）。

「（前略）それにしても　顔はわがるども
名前が　出てこねゃぐなてしゃ
何とするべ　これがら
何もしねべ
何も恋愛するわけでも　ねえべた
見合いするわげでも　ねえべた
したらよ名前なんか出てこなくたて
ホレ　アレ　ソレ　で用足りるべた

せばよ　相手も
そう言って答えるべた
んだ　あまり中まで分からねたて
適当で　大体で　おおよそでえべた（後略）」
これである、これ。恋愛するわけでなし、「おおよそ」で十分なのだ。
私はすぐに二人に電話して、この詩のことを言った。二人はうなり、納得し、
「秋田って陽気だなァ」
と最後に笑い出した。

（2018年9月16日）

心に情　唇に鬼

著　　者　内館　牧子

発 行 日　2022年9月30日　初　版

発 行 人　佐川　博之

発 行 所　株式会社秋田魁新報社
〒010-8601　秋田市山王臨海町1－1
Tel. 018(888)1859（出版部）
Fax.018(863)5353

定　　価　本体600円＋税

印刷・製本　秋田活版印刷株式会社

乱丁、落丁はお取り替えします。

ISBN 978-4-87020-425-6　c0195　￥600E